맛

의

위

로

맛의 위로

초판 1쇄 발행   2023년 12월 18일

지은이 김경희

펴낸이 강기원
펴낸곳 도서출판 이비컴

편 집 김주희
마케팅 박선왜
일러스트 김경희, 픽사베이

주 소 서울시 동대문구 고산자로34길 70, 431호
전 화 02)2254-0658 팩 스 02)2254-0634
메 일 bookbee@naver.com
출판등록 2002년 4월 2일 제6-0596호

ISBN 978-89-6245-218-1 (03800)

ⓒ 김경희, 2023

맛의 위로

음식과 연결된 우리의 삶

김경희 지음

이비락樂

맛이 주는 위로,
음식과 연결된 우리의 삶

　바쁘게 살았기 때문이었을까? 먹는 일을 중요하게 여기지 않았다. 요리하는 일은 즐겁지 않은 일이었고 시간 낭비라는 생각까지 했었다. 나이를 먹어가면서부터 음식 먹는 일과 요리하는 일이 어마어마하게 중요한 일로 다가왔다.

　우리의 삶은 음식과 연결되어 있다. 엄마가 해주셨던 음식 속에는 부모님과 형제자매들이 있었고, 결혼 후 먹었던 음식 속엔 남편과 아들, 딸, 그리고 시부모님과 시댁 형제들이 자리 잡고 있었다. 나와 친구들, 나와 지인들을 연결해 주는 것 또한 음식이었다. 무엇보다 어린 내가 어른이 되어가는 과정에서 느꼈던 희로애락의 감정이 음식과 함께 버무려져 있었다. 어떤 음식은 그리움과 허전함을 메워주었고 어떤 음식은 아픔과 슬픔을 치유했으며 또 어떤 음식은 희망과 용기를 북돋우어 주었다.

젊었을 때는 누군가 만들어 주는 음식이 좋았다. 음식을 만드느라 수고하는 시간이 값있어 보이지 않았고 부엌에 서 있는 시간이 즐겁지 않았다. 소문난 음식점의 음식이 훨씬 맛있었고 손님으로 대접받을 때 기분이 좋았다. 반찬가게로 향하는 발걸음도 언제나 가볍기만 했다.

몸이 아프고 난 후부터였던 같다. 건강한 먹거리의 중요성을 깨닫고 음식이 약이라고 생각하게 된 것이. 좋은 식자재를 구매해서 음식을 만들어 먹는 일은 결국 나와 내 가족의 건강을 책임지는 일이라고 생각하게 된 것이. 먹는 일에 관심을 가지자 요리하는 즐거움이 생겼다. 나와 사랑하는 가족을 위해 정성스럽게 음식 만드는 과정은 예술 활동이라는 생각을 하게 되었다.

음식 만드는 일에 정성을 기울이다 보니 가사 노동하는 시간이 늘어났다. 옛 아낙들의 삶에 비할 수는 없겠지만 손에 물기 마르는 시간이 많지 않았다. 요리하는 시간을 단축해야 할 필요성을 느꼈다. 그때 『헬렌 니어링의 소박한 밥상』(디자인하우스 2018)을 읽게 되었고 "식사를 간단히, 최대한 간단히"의 매력에 푹 빠지게 되었다. "식사 준비하는 데 시간을 줄여서 시를 쓰고 바느질하며 글을 쓰자."라는 헬렌 니어링의 말에 격하게 공감한 것이다.

신선한 음식 재료 구하는 일에는 계속 신경 썼지만 복잡한 요리 과정과 긴 조리 시간은 피해 나갔다. 어려서 먹던 엄마의 깔끔하고 단정한 음식과 시어머님께서 해주셨던 채소 반찬과 소박한 음식을 자주 만들어 먹었다. 번들번들하게 기름진 고기와 수많은 조미료가 들어간 음식과는 서서히 멀어졌다.

간단히 만들 수 있으면서도 먹고 나서 속 편한 음식이 건강에 좋다는 확신이 생겼다. 주변 사람들에게도 내가 만들어 먹고 있는 소박한 음식을 소개하고 싶어서 음식에 얽힌 이야기를 쓰고 결미에 음식 재료와 만드는 방법을 매달아 놓았다. 엄마처럼, 시어머님처럼 대충 눈짐작으로 하는 두루뭉술한 주먹구구식 요리법을. 거기에 또 다른 맛의 위로를 주고 싶어서 어쭙

잖은 그림도 그려 넣어 보았다.

　나의 음식 이야기를 통해 누구라도 자신이 먹은 음식에 깃든 따뜻하고 아름다운 이야기 속으로 걸어 들어가면 좋겠다. 음식을 통해 인간을 이해하고 세상을 다시 바라볼 수 있는 여유를 가지게 된다면 정말 좋겠다. 음식에 얽힌 이야기 속에는 변주곡처럼 내용은 조금씩 다를지라도 삶의 철학이 들어있기에. 음식을 먹으며 누군가와 나누었던 대화, 음식에 깃든 에피소드, 그 음식을 떠올리면 생각나는 사람, 그리고 물건 등등 음식에는 인생의 맛이 담겨있기에….

작가의 부엌에서

김 경 희

차
례

1장

그리운 맛

목동의 비애 _____ 김치 냉잇국

"어이구! 내 망아지 새끼들."

아빠는 어려서 나를, 아니 우리 네 자매를 망아지 새끼라 부르며 귀여워하셨다. 맨 위로 오빠가 있는데 아빠는 언제나 오빠에게 여동생들 잘 돌보라는 특명을 내리셨다. 그래서 오빠는 어릴 때부터 네 명이나 되는 여동생들을 지키는 목동이 되었다.

한 번은 우리 네 자매가 소꿉장난하다가 둘씩 편을 갈라 싸우게 되었다. 부부간의 싸움도 그러하지만 어린 계집애들이 싸우게 되는 계기는 참으로 사소한 것들이다. 소꿉놀이할 때 쓰는 솥단지를 왜 말도 없이 가져갔느냐에서 출발해 내놓아라,

안된다 하면서 실랑이를 벌였다. 왜 소꿉놀이 살림살이에 플라스틱 솥단지가 딱 하나밖에 없었던 것인지. 이 때문에 솥단지를 차지하기 위한 쟁탈전이 벌어졌다. 그러다 결국 솥단지를 뺏긴 쪽에서 반찬이라고 풀을 뜯어다 담아둔 접시를 엎고, 국을 끓인다며 작은 돌멩이들을 넣어둔 냄비를 뒤집는 일로 진전되었다. 자연스레 가진 자와 뺏긴 자가 허리춤에 두 손을 얹고 마주 서서 씩씩거렸다.

둘씩 나뉘어 적이 되어 있는 우리를 지켜보던 오빠가 언니와 나, 동생들을 불러서 한 줄로 세웠다. 그리고 손바닥을 앞으로 내밀라 했다. 오빠는 그때 중학교 2학년이었는데 학교에서 검도를 배우고 있었다. 나는 '설마 아빠가 우리를 잘 돌봐주라고 했는데 때리겠어' 하는 생각으로 자신만만하게 손바닥을 앞으로 쭉 내밀었다. 언니도 동생들도 아마 나와 같은 심정으로 손바닥을 냉큼 내밀었던 것 같다.

성큼성큼 걸어서 방 모서리에 세워둔 죽도를 들고 온 오빠는 계집애들의 자그만 손바닥을 한 대씩 힘껏 내리쳤다. 죽도는 가운데가 비어있었기 때문에 손바닥을 내리칠 때 큰 소리가 났다.

"타닥" "타닥" "타닥" "타닥"

지금 생각해 보면 오빠가 우리에게 겁을 주느라 동작만 크게 했지 실제로 세게 때린 것 같지는 않다. 하지만 죽도가 손바닥에 닿는 순간에 나던 소리에 놀란 우리는 눈물을 왈칵 쏟아냈다. 또한, 아빠의 명령대로 우리를 돌봐주어야 할 오빠가 '어떻게 이럴 수가 있어' 하는 배신감이 들어 그 자리에서 다 같이 홀딱 홀딱 뛰었고 눈에선 닭똥 같은 눈물이 툼벙툼벙 떨어졌다. 하나도 아니고, 둘도 아니고 여자아이 넷이 울어대니 순식간에 초상집이 되어 버렸다. 갑자기 벌어진 상황에 오빠는 무척 당황하는 것 같았다. 더군다나 망아지들같이 히잉 거리며 뛰기까지 하니 괜스레 벌집을 잘못 건드렸나보다 후회하는 눈치였다.

하지만 오빠는 우리들의 대장이 아니던가. 언제나 아빠 품에서 망아지 같이 뛰노는 우리를 오늘이야말로 길들일 기회라는 굳은 표정으로 "모두 땅바닥에 엎드려!"라고 소리쳤다. 우리는 이게 또 무슨 상황인가 어리둥절하면서도 으르렁거리는 호랑이가 되어 당장이라도 잡아먹을 듯 눈을 부릅뜨고 있는 오빠에게 순식간에 압도당하고 말았다. 오빠 말에 따르지 않았다가는 기다란 죽도로 후려칠 것 같은 불안감에 벌벌 떨면서 언니가 먼저 바닥에 엎드리자 나도 동생들도 언니를 따라서 급하게 엎드렸다. 우리는 두 손을 땅에 짚고 엎드리는 자세는 처음 해

보는 것이라 엉성하
긴 했지만 엉겁결에
바짝 긴장한 여군들
이 되고 말았다. 지
금 생각해 보니 오
빠는 중학교에서 이
렇게 벌 주는 선생
님 흉내를 낸 것 같
다. 어쨌든 땅과 몸

이 붙을락 말락 엎드려뻗쳐를 하고 있자니 서러워서 곡소리가
절로 나왔다.

두 팔로 몸을 지탱하는 것이 점점 힘들어지자, 내가 먼저 입
을 벌리고 "아아아" 소리를 내며 울기 시작했다. 언니도 동생도
다 같이 나를 따라 큰 소리로 울면서 합창했다. 오빠는 소리 내
어 우는 우리를 향해 "지금부터 소리내는 사람은 가만두지 않겠
어."라고 윽박지르기까지 했다. 우리는 나오는 울음을 목구멍으
로 삼키며 입을 앙다물고 "음,음,음" 소리를 내며 흐느꼈다.

구세주는 극적인 상황에서 등장하는 법이다. 오빠가 우리를
꼼짝하지 못하게 완전히 제압하고 있을 즈음 아빠가 퇴근해서

돌아오셨다. 아빠 눈에 비친 상황은 이랬다. 아들 녀석이 기다란 죽도를 들고 서서 씩씩거리고 있다. 망아지같이 귀여운 딸내미 넷이 아들 앞에 엎드려 어깨를 들썩거리며 흐느끼고 있다. 어느 부모가 이런 상황을 그냥 놔두겠는가.

이내 오빠에게 불호령이 떨어졌다.

"너 지금 뭐 하는 짓이야?"

오빠는 아빠 앞에서 머리를 긁적이며

"애들이 서로 사이좋게 놀아야 하는데 싸우잖아요. 그래서 버릇을 고쳐주려고……."

"뭐야? 내가 언제 너에게 동생들 버릇 고치라고 했어! 지켜주라고 했지!"

아빠의 불호령에 오빠는 죽도를 만지작거리며 고개를 푹 숙였다.

오빠에게 목동의 임무에 대해서 재차 주입하셨던 아빠가 우리를 향해 두 팔을 벌렸다. 나와 자매들은 풀이 죽은 오빠 앞을 당당히 지나 망아지처럼 아빠를 향해 달렸다. 아빠에게 달려가던 그 짧은 순간에 '아빠도 우리를 안 때리는데 자기가 뭐라고 우리를 때리는 거야'라는 생각으로 오빠를 힐끔 쳐다봤다. 한껏 풀이 죽은 오빠는 억울하다는 듯 우리를 쳐다봤다. 나중에 아빠 안 계실 때 너희들 두고 보자는 눈빛 같았다.

아빠가 눈물로 얼룩진 우리 넷의 얼굴을 닦아주고 있을 때 엄마가 퇴근해서 돌아오셨다. 풀이 죽어있던 오빠는 세상에서 단 하나뿐인 아들을 끔찍이 귀하게 생각하는 엄마 품에 안겨서 참았던 울음을 조용히 터트렸다. 아빠는 망아지들을, 엄마는 목동을 다독거리며 각자의 방법으로 위로의 마음을 퍼부었다. 봄이 막 피어나던 춘삼월 하순의 일이었다.

그날 저녁 엄마는 묵은지 냉잇국을 끓이셨다. 엄마의 부엌은 연탄아궁이가 두 개 있었다. 한쪽 아궁이에선 하얀 쌀밥이 뿌연 김을 내뿜으며 솥에서 익어갔고 맞은편 아궁이에선 멸치육수가 펄펄 끓어댔다. 구수한 밥 냄새와 비릿한 멸치육수 냄새가 한데 어우러진 부엌은 따뜻한 온기와 식구들 저녁을 준비하느라 바쁜 엄마의 종종걸음으로 가득했다.

멸칫국물이 노랗게 우러나자, 엄마는 냄비 안에 송송 썬 묵은김치를 김칫국물과 함께 넣었다. 거기에 외할머니께서 캐다 주신 냉이를 적당히 잘라서 넣었다. 그때 보이는 냉이라는 나물은 지저분했다. 나는 엄마가 바빠서 다듬지 않은 것을 그냥 넣나보다 생각했다. 어차피 솥에서 펄펄 끓으면 표시가 나지 않으니까 그런 줄 알았다. 나중에 커서야 냉이는 원래 생긴 것이 지저분하게 생겨서 다듬으나 다듬지 않으나 비슷하다는 것을 알게 되었다.

엄마는 김치 냉잇국이 냄비 안에서 용솟음쳐 오를 때 마늘을 넣은 다음 하얀 가루를 찻숟가락으로 반 정도 넣었다. 엄마가 끓인 묵은지 냉잇국은 개운하고 칼칼하며 감칠맛이 났다. 게다가 냉이의 향긋함까지 입안 가득 맴돌았다.

둥그런 팥죽색 밥상에 다 같이 둘러앉아 반질거리는 하얀 쌀밥을 불그스레한 냉잇국에 말아먹었다. 냉잇국을 먹던 순간엔 눈물 대소동으로 얼룩졌던 마음도 언제 그랬냐는 듯 맑은 하늘처럼 눈부시게 빛났다.

그날의 밥상에는 분명히 이런저런 반찬이 있었을 테지만 유난히 냉잇국의 맛만 기억에 남아 있는 것을 보면 그때 엄마가 끓인 냉잇국이 어지간히 맛있었던 모양이다.

친정아버지가 돌아가시자 어려서 우리를 지켜주던 오빠가 아빠를 대신했다. 막냇동생 결혼식 때는 아빠 대신 막내의 손을 잡고 버진로드로 걸어 들어갔다. 아빠 대신 엄마 옆에 앉아서 아버지 역할을 한 것이다.

오빠는 맏이로 태어나서 아빠의 명령에 따라 넷씩이나 되는 여동생들 지키느라 얼마나 애를 썼을까? 다들 자기주장도 세고 아빠 표현대로 망아지같이 펄펄 뛰던 동생들의 오빠 노릇 하느라 얼마나 힘들었을까? 어릴 적 우리의 목동은 지금도 여전히 만이의 무게를 견뎌내고 있다.

주먹구구식
요리법

재료

냉이 3줌, 묵은김치 1/4쪽, 코인 육수 3알 또는 멸치육수, 다진 마늘 1큰술.

1. 냉이는 깨끗한 솔로 문질러가며 뿌리에 묻은 흙은 씻은 다음 듬성듬성 썬다.
2. 묵은김치 1/4 쪽은 씻지 않고 잘게 잘라준다.
3. 냄비에 김치를 넣고 된장 한 스푼과 코인 육수 3개와 물을 넣고 팔팔 끓인다.
4. 김치가 끓기 시작하면(10분) 냉이를 넣고 끓인 다음(5분) 마늘을 넣고 잠시 후에 불을 끈다.

엄마의 온기 _____ 김치죽

어려서 유난히 배앓이를 자주 했던 나는 창자가 뒤틀리는 그때의 아픔을 아직도 기억한다. 배가 뒤틀리기 시작하면 얼굴빛은 노래지고 양쪽 침샘이 용트림한다. 입안 가득 침이 고이면 숨통이 조여 오면서 꺼억꺼억 입이 벌어진다. 아무리 멈추고 싶어도 멈춰지지 않는 창자의 반란은 속에 있는 것을 다 뱉어내고 나서야 잠잠해진다. 그러고 나면 두 팔과 다리에 기운이 쫙 빠지면서 얼굴이 백지장처럼 하얗게 변한다.

다섯 형제 가운데 유독 나만 배앓이를 자주 했다. 왜 그랬을까? 언젠가 대학 선배 언니가 배가 자주 아픈 사람들은 성미가 고약해서 그러는 거라고 놀리곤 했었는데, 뭐든 완벽하게 하려고 하는 내 성미를 콕 집어서 하는 말 같았다.

아픈 배를 움켜쥐고 울어대면 엄마는 순식간에 나를 둘러업고 집에서 오백 미터쯤 떨어져 있는 김 소아과로 달음질치곤 하셨다. 불난 집에 정신없는 아낙처럼.

배앓이는 이렇게 나보다 여섯 살이나 어린 막냇동생을 제치고 엄마의 등에 종종 업히는 것을 허락했다. 멀쩡했을 때는 도무지 차지할 수 없었던 엄마의 등을 말이다. 지금 생각해 보니 엄마의 등에 업히고 싶어서 배앓이를 자주 했던 것은 아니었을까 싶기도 하다.

엄마의 다급한 걸음으로 김 소아과에 도착하고 나면 이마가 번질거리는 의사 선생님이 청진기로 내 가슴과 배를 지그시 누른 후 고개를 끄덕이다 간호사에게 처방전을 넘겼다. 간호사를 따라 소독내 나는 주사실로 끌려가면 주삿바늘의 따끔함에 놀라 억울한 울음을 한 바작이나 쏟아냈고 엄마는 얼얼해진 한쪽 엉덩이를 문질러주며 나를 끌어안고 달래주셨다.

집으로 돌아와 아랫목에 자리를 깔고 한동안 누워 있으면 아픈 배가 진정되었다. 그때 엄마의 밥상 위로 찹쌀을 넣고 끓인

김치죽이 올라왔다. 뜨거운 죽을 후후 불어 한 입 먹으면 연한 김치 맛이 입안 가득 퍼졌다. 수저질할 때마다 '우리 둘째 딸 배 아픈 것 다 나았으니 축하를 해야지'라는 엄마의 목소리가 들리는 것 같았다.

배앓이가 다 낫고 온 가족이 한 상에 둘러앉아 먹던 그때의 김치죽, 냉장고가 없던 시절에 먹던 김치죽은 김장김치가 시어지기 시작하는 늦겨울과 초봄이 만나는 시기에 가장 맛있었다. 겨울과 봄을 품고 있는 김치죽은 배앓이로 인해 봄이 오는 것을 시샘하는 이른 봄의 죽이었고, 묵은지가 항아리에서 곰삭아 갈 때 발그스레한 색으로 익은 엄마의 사랑이었다. 먹을 것이 흔치 않았던 시절의 김치죽은 이렇게 엄마의 따뜻한 정성을 은은하게 표현해 주었기에 김치죽의 소박하면서도 개운한 맛은 추억의 음식이 되었다.

배앓이가 아니어도 우리 식구들이 김치죽을 먹을 때가 있었다. 아버지께서 직장 회식으로 술을 많이 먹고 오셨던 다음 날은 엄마의 아침 밥상 위로 김치죽이 올라왔다. 아버지의 김치죽은 배 아플 때 먹던 것보다 국물이 더 많아서 수저로 휘휘 저으면 국인지 죽인지 분간하기 어려웠다. 엄마의 밥상에서 아버지는 속을 달래느라 불그죽죽한 국물만 훌훌 드셨고 우리 5남매는 김치죽에 밥을 말아 반찬을 얹어 먹었다. 그때 먹었던 김치죽은 매워서 삼킬 때 목이 칼칼했다.

엄마를 추억하며 김치죽을 끓였다. 늦겨울의 끝자락을 붙잡고 한껏 맛을 내던 엄마의 김치죽과는 달리 내가 끓인 김치죽은 특별할 것 없는 평범한 죽이었다. 김치냉장고의 위력으로 사계절 내내 묵은지를 먹을 수 있으니 어찌 특별하다고 말할 수 있을까.

하지만 내가 끓이는 김치죽도 동생 덕분에 엄마의 김치죽에 잇대어 정성스럽고 특별한 음식이 되었다. 지난해 봄, 여러 차례 항암 주사를 맞던 동생이 메스꺼움 때문에 다른 음식은 입에 대지도 못했지만 내가 끓인 김치죽은 한 사발씩이나 비워냈기 때문이다.

음식의 맛도 변하지 않는 것과 변하는 것이 있다. 어린 시절한 상에 둘러앉아 함께 먹었던 엄마의 맛, 그때를 생각나게 하는 추억의 맛은 언제까지나 기억 속에서 변하지 않는다. 그때의 나와 우리의 입맛이 변했을 뿐.

재료

묵은김치 1/4 쪽, 찹쌀 1컵, 멸치 다시마 육수 5컵

1. 찹쌀은 미지근한 물에서 1시간 이상 불려둔다.

2. 묵은김치 1/4 쪽은 가위를 이용해서 잘게 잘라둔다.

3. 멸치육수 5컵에 잘라놓은 묵은김치를 넣고 끓인다.(김치가 익을 때까지)

4. 불린 찹쌀을 넣고 쌀이 퍼질 때까지 약 불에서 끓인다.

사무치게 그리운 너 _____ 소고기 버섯전골

　　　　　　　　덕희가 생각난다. 백옥처럼 하얀 피
부에 눈 밑으로 주근깨가 다닥다닥 피어나던 내 친구 덕희. 그
애는 여고 3년 내내 같은 반 친구였다. 시골에서 올라와 동생
하고 자취했던 덕희는 손이 어찌나 야무지던지 솥단지며 냄비
며 그릇 등이 덕희의 손을 거치면 번쩍번쩍 윤이 났다. 수돗가
에서 운동화를 말끔하게 빨던 친구를 바라보고 있노라면 엄마
손을 빌려 모든 것을 하던 나는 언 병아리 같았다.

　가난했던 덕희는 대학 진학을 포기하고 고등학교를 졸업하
자마자 바로 취직했다. 월급을 받아 알뜰하게 저축도 했다. 그
렇게 살림 잘하던 덕희가 멀대같이 키 큰 남자를 만나 내가 교

생실습을 나가던 해 초가을에 시집을 갔다. 그 뒤로 덕희와 소식이 끊어졌다. 지금도 소식을 알고 싶어서 여기저기 수소문을 해보지만 그녀의 소식을 알 길이 없다.

5년 전 일이다. 주부를 대상으로 하던 강의를 마치고 또각또각 구두 소리를 내며 강의실을 빠져나오는데 긴 머리를 단정하게 묶은 한 여인이 내 뒤를 따라 나왔다. 나는 무슨 일인가 물었고 그녀는 나에게 상담을 받고 싶다고 했다. 시간이 여의찮아 약속 시간을 따로 잡고 돌아가는 차 안에서 고개를 갸웃거렸다. 누군가를 많이 닮은 분위기, 하얀 피부, 그리고 광대뼈 주변으로 깨알같이 뿌려져 있는 주근깨까지.

그랬다. 그녀는 내 친구 덕희를 아주 많이 닮아 있었다. 어쩜 그리 호리호리한 몸매까지 비슷한지. '내 친구 덕희인가?' 하고 착각할 정도였다. 하지만 나이가 나보다 한참이나 어려 보였다.

이틀 후 덕희를 닮은 그녀와 조용한 카페에서 만났다. 주문한 커피를 마시며 이런저런 얘기를 하다가 무슨 일 때문에 나를 만나고 싶었느냐고 물었다. 갑자기 그녀의 눈가가 촉촉해지더니 떨리는 목소리로 "저 이혼하고 싶어요."라고 말했다.

나는 순간 남편에게 다른 여자가 생겼느냐 물었다. 주부들이 이혼하고 싶은 가장 큰 이유가 남편의 외도이기 때문에 지레짐 작한 것이었다. 그녀는 고개를 가로저었다. 그녀에게는 예상 밖의 고민이 있었다. 그날 이후로 그녀와 학기가 마무리될 때 까지 여러 차례의 이메일을 주고받았다.

아이가 셋이나 딸린 유부남과 결혼했던 덕희는 사랑 때문에 평범하지 않은 선택을 했다. 주변에서 반대하고 내가 숱하게 말렸으나 사랑에 눈이 먼 덕희는 누구의 말도 듣지 않았다. 오직 사랑 하나만 믿고 결혼해서 서울로 떠나 버렸다. 하지만 덕희는 임자 있는 유부남을 사랑한 건 아니었다. 단지 아이 딸린 남자를 사랑했다.

덕희를 닮은 그녀와 이메일을 주고받으며 "사랑이 대체 뭐길래 이다지도 힘이 들까요." "사랑이라는 감정이 지금은 나를 불사를 것 같지만 시간이 지나면 잠잠해지더라고요." "임자 있는 사람에게도 왜 사랑은 찾아오는 걸까요." "그건 사랑에게 물어봐도 아마 모른다고 할 거예요." "사랑은 죄인가요?" "사랑이라는 감정은 죄가 아니에요. 단지 나와 함께 사는 사람을 속이고 다른 사람과 만남을 유지하는 것은 잘못이라 생각해요." "진정한 사랑이란 무엇일까요?" "뜨거운 감정과 설렘은 없다 해도 자기가 선택한 사람에게 책임을 다하는 것이야말로 진정한 사랑이 아닐까요?"라는 대화의 글이 핑퐁처럼 오고 갔다.

덕희를 닮은 여인은 한동안 헐헐거렸다. 찾아가야 할 사람과 아니 찾아가야 할 사람을 구별하지 않고 찾아든 맹랑한 사랑 때문에. 그렇게도 예쁜 단어 뒤에 뜨거운 마그마를 숨기고 있는 지독한 사랑 때문에.

학기를 마치고 덕희를 닮은 그녀와 식사를 했다. 어긋난 사랑을 털어내느라 안간힘을 쓰고 있는 그녀에게 따뜻한 음식을 먹이고 싶었다. 속을 든든하게 채워줄 소고기 버섯전골 집에서 만났다. 육수가 담긴 전골냄비에 동충하초를 넣자 노란 국물이 펄펄 끓어올랐다. 아기 궁둥이처럼 보송하게 피어난 노루궁뎅이 버섯과 느타리버섯 한 움큼을 집어넣었다. 팽이버섯과 백지장처럼 얇게 썰어 양념한 소고기도 넣고 끓였다.

바글바글 끓어오르는 전골냄비에서 구수한 냄새가 났다. 소고기와 버섯이 우러난 국물을 국자로 떠서 그녀에게 건넸다. 그녀는 허한 속을 채우느라 뜨거운 국물을 훌훌 불어대며 연신 입으로 가져갔다. 그녀를 따라 나도 전골 국물을 입에 넣으니 내 친구 덕희가 생각났다.

그때 덕희에게 맛있는 음식이라도 사 먹이고 시집 보낼걸. 내 말 안 듣는다고 서운해할 줄만 알았지 따뜻한 음식이라도 한

끼 먹일 생각은 왜 못했을까? 특별한 사랑 때문에 얼마나 마음 고생이 심했으면 결혼식 날 비쩍 말라 드레스가 그리 헐렁했을까? 덕희를 닮은 그녀와 먹던 버섯전골은 사무치게 그리운 맛이었다. 지금이라도 만나면 따끈한 음식을 나눠 먹고 싶은 내 친구 덕희 생각 때문에.

봄이면 목련꽃 흐드러지게 피던 교정에서 손잡고 다정하게 걸었던 친구. 가을이면 아기 단풍잎 주워 모아 책갈피가 두툼해지도록 끼워 넣으며 미소 짓던 친구. 지금은 아무리 보고 싶어도 연락조차 할 수 없으니 네가 그립고 또 그립다. 그립다는 것은 그 시절로 돌아갈 수 없는 애잔함이다. 다시는 볼 수 없어서 마음 한켠에 아릿함이 느껴지는 아픔이다. 사무치게 그립다는 것은 보고 싶다는 말의 몇백 배, 아니 몇천 배나 되는 그리움이다. 가을이 되면 더더욱 사무치도록 그리운 덕희는 지금 어디에 살고 있을까?

주먹구구식
요리법

재료

양념한 소불고기 600g, 느타리버섯 두 줌, 팽이버섯 한 줌, 표고버섯 5장, 양파 1개, 돌미나리 2줌, 쪽파 2줌, 당면 1줌, 양념장 3스푼(액젓, 마늘), 육수 5컵

1. 전골냄비 밑에 양파를 깔고 양념한 소고기, 버섯, 소고기, 버섯 순으로 켜켜이 담는다.
2. 육수 다섯 컵을 부어준 뒤 센 불로 끓이다 국물이 끓어오르면 약불로 줄여서 소고기를 익혀준다.
3. 소고기가 익으면 액젓과 마늘을 넣고 만들어 둔 양념장 3스푼을 넣어준다.
4. 끓는 전골에 당면을 넣고 잠시 끓인 다음, 마지막으로 돌미나리를 넣고 한소끔 더 끓여준다.

그날로 돌아갈 수 있다면 _____ 소불고기

　　　　　　　　　조카는 자기 엄마를 닮아 오목조목 얼굴이 고왔다. 티 없이 뽀얀 피부에 갸름한 턱선, 숯 검정을 발라놓은 것처럼 짙은 눈썹, 갈색 눈동자에 입술은 얇고 붉었으며 콧날은 뾰족하면서도 보기 좋을 만큼 오뚝했다. 요즘 아이돌처럼 골격마저도 예쁘장했다.

　몸매도 얼굴도 고운 조카는 고등학교를 졸업하고 갑자기 배우가 되겠다고 했다. 주변에서 정우성이라는 배우를 닮은 조카를 보며 그렇게 권했다는 것이다. 시숙은 겉모습만 번지르르하다고 배우가 되는 거냐며 공부하라고 반대했고, 시숙의 반대에 부딪힌 조카는 작고 큰 사고를 내며 자꾸 엇나갔다. 그러다 조국의 부름을 받고 군대에 갔다. 군대에서 철이 들었는지 제대하고 나서 경찰공무원이 되겠다며 우리 집에서 가까운 대학의 경찰행정학과에 입학했다. 비로소 공부를 위한 여정이 시작된 조카는 시숙 내외를 떠나 학교생활에 충실했다.

12월 중순이 되던 어느 날, 직장에 있던 남편에게 전화가 왔다. 3학년을 마친 조카가 우리 집에 온다는 연락이었다. 남편은 조카에게 집밥을 먹여 보내면 어떻겠냐고 했다. 12월 중순의 나는 학기말고사 성적 처리도 해야 하고 마지막 주에 열릴 퀼트 전시회 준비로 분주한 나날을 보내고 있었던 터라 남편의 전화에 짜증이 났다. 안 그래도 요즘 바빠 죽겠는데 이렇게 갑자기 온다고 하면 나더러 어떻게 하라는 거냐며 화를 벌컥 냈다. 내 반응에 당황한 남편이 오늘만 시간이 났을 거라며 조카 역성을 들었다.

'바빠서 여유가 없으니 짜증이 나는가 보네.'라고 남편이 반응했다면 나는 또 마지못해 '에이 알았어.'라며 집으로 달려가 부엌에서 부산을 피웠을지도 모른다. 하지만 아내 바쁜 것은 전혀 염두에 두지 않고 조카 역성을 드는 남편이 야속하게만 느껴졌다. 나는 퉁명스러운 목소리로 녀석이 좋아하는 불고기를 하기엔 사다 놓은 고기도 없고 음식을 준비하기엔 시간도 촉박하니 밖에서 저녁을 사 먹이자고 말했다. 남편은 함께 시간을 내준 것만으로도 고맙다는 듯 음식점 장소를 정해서 나에게 알려주었다.

6시 반이 다 된 시간에 약속한 레스토랑에 도착했다. 붉은빛이 감도는 조명등 아래서 조카와 남편은 다정하게 앉아 얘기를 나누고 있었다. 코트를 벗어 옷걸이에 걸어두고 음악 소리에 잠시 언 마음을 녹이며 조카 얼굴을 바라보았다. 그동안 꽤 열심히 공부했는지 검은색 항공 점퍼를 입은 조카는 지난 추석에 봤을 때보다 얼굴이 까칠해져 있었다. 남편에게 짜증 냈던 마음을 뒤로 감추고 환하게 웃으며 음식을 주문했다. 조카는 맛깔 나는 메뉴들도 많은데 치즈돈가스를 먹고 싶다고 했다. 그러지 말고 스테이크를 시키자고 했더니 어려서 자주 먹던 돈가스를 먹고 싶다고 했다. 우리도 조카를 따라 치즈돈가스를 시켰다.

음식이 나오는 사이에 조카에게 무슨 일이 있어서 왔는지 물었다. 조카는 학기가 끝나서 그냥 인사드리러 왔다고 하면서 가지런한 이를 드러내며 웃었다. 조카를 따라 웃으며 순간 '그냥'이라고 말하는 것을 보니 집밥이 먹고 싶어서 왔나보다는 생각이 들었다. 하지만 때는 이미 늦어 버렸고 무얼 먹든지 음식보다는 함께 먹는 시간이 중요하다는 생각으로 조카의 마음을 헤아리지 못한 작은 엄마의 미안함을 눌러버렸다.

주문한 치즈돈가스가 나왔다. 나는 손잡이가 반질거리는 나이프를 들어 노릇하고 바삭한 돈가스를 반으로 잘랐다. 빵가루가 부슬부슬 잘게 잘리며 하얀 접시 위로 이리저리 흩어졌다. 허리를 잘린 돈가스 뱃속에선 하얀 우윳빛 치즈가 꿀처럼 쩐득하게 흘러내렸다. 기름 냄새와 육즙 가득한 연분홍색 고기 살에서 고소한 냄새가 코끝을 자극하니 침이 고였다. 입술을 꼭 다물지 않았더라면 침이 주르륵 밖으로 흘러나올 뻔했다. 입안 가득 머금고 있던 침을 꼴깍 삼키며 조카의 접시에 반으로 자른 돈가스를 옮겼다. 끈끈이주걱처럼 끈적끈적한 치즈가 내 접시에서 조카 접시로 넘어가기 싫어서 몸부림치는 것 같았다. 포크로 끈끈함을 돌돌 말아 잘라낸 다음 물컹해진 치즈마저 조카의 접시에 올려주었다.

기숙사의 부실한 밥을 내내 먹었던 조카는 내가 건네주는 돈가스를 받으며 괜찮다는 표현도 없이 그저 간단히 고갯짓 한번 까딱하는 것으로 고마움을 표시했다. 그런 조카를 보며 내 것을 마저 주고 싶었지만 그러기엔 너무 과한 행동이라 생각하며 잘게 자른 돈가스 한 조각을 베어 물었다. 달콤하고 짭조름한 소스가 혀에 먼저 닿았다. 어금니로 바삭한 빵가루를 부수고 말캉한 고기와 부드러운 치즈를 뭉개니 입안에서 코를 통해 머릿속까지 고소한 맛이 번져나갔다. 나이 먹은 나도 이리 맛있는데 젊은 조카는 얼마나 더 맛있었을까. 허겁지겁 씹는 둥 마는 둥 돈가스를 먹어 치우는 녀석을 보며 몇 끼를 굶은 사람 같아 보여서 웃음이 나왔다. 남편도 먹다 남은 돈가스를 조카에게 건네며 더 먹으라고 권하면서 웃었다. 감미로운 음악이 흐르고 따스한 불빛 아래서 조카와 셋이 돈가스를 먹는 시간은 따뜻한 시간이었다.

이듬해 5월 25일. 이날은 세월호 사건이 일어난 지 한 달 하고도 아흐레가 되는 날이었다. 새벽 4시에 남편의 핸드폰 벨소리가 울렸다. 전화를 받던 남편이 창자까지 쏟아낼 정도로 깊은 한숨을 몰아쉬더니 전화를 끊었다. 자다 말고 놀란 토끼처럼 눈을 버쩍 뜨는 나에게 조카가 위독하다는 말을 전하던 남편은 옷을 주섬주섬 갈아입었다. 부스스한 머리를 한 채 옷을 갈아입고 남편을 따라나섰다.

자동차로 새벽의 어두컴컴한 도로를 달리다 보니 미로 속으로 빨려 들어가는 것만 같았다. 한 30분 정도를 아무 말 없이 달리고 있는데 작은 시누이한테 다시 전화가 왔다. 조카가 방금 이 세상을 떠났다고 했다. 도저히 믿어지지 않는 사실 앞에서 우리는 입을 다문 채 한마디도 할 수 없었다. 순식간에 슬픔이 밀려들며 자동차 안을 가득 메웠다. 팽창된 슬픔은 금방이라도 터져 버릴 것 같았다.

조카의 주검이 있는 병원에 도착해서 넋을 잃고 주저앉아 몸부림치는 시아주버님과 형님의 손을 잡고 한참 동안 아무 말도 할 수 없었다. 흩어져 사는 형제들이 소식을 듣고 하나둘 모여들기 시작했다. 먼 하늘에선 어둠을 밀어내며 여명이 밝아오고 있었다. 슬픔을 견디다 못한 시누 남편이 부모를 앞서가다니 이런 나쁜 놈이 어디 있냐며 울음을 화내듯 토해냈다.

무엇이 그리 바빠서 나이 든 제 아비 어미 앞서서 그리 바쁘게 가버렸는지 문득문득 아들 같은 조카가 생각날 때면 야속한 마음이 든다. 하지만 집밥이 먹고 싶어서 찾아왔을 녀석에게 좋아하는 불고기 한 접시 넉넉히 대접해 주지 못한 그날의 미안함이 가끔 날카로운 비수가 되어 심장을 찌른다. 그날의 인사가 마지막이었다는 걸 알았더라면 그때 나는 어떻게 했을까. 불고기를 상에 올릴 때마다 치즈돈가스를 우적우적 먹어 치우던 아들 같은 조카가 떠오른다. 그리고 그날로 다시 돌아갈 수 있다면 얼마나 좋을까 생각한다.

불고기를 재웠다. 선홍색 핏물이 가득한 소고기에 간장 양념을 하니 고기가 가을 나무색으로 변했다. 마늘, 양파, 파, 표고버섯, 채 썬 당근도 넣었다. 이런저런 재료들과 어우러진 소고기를 달구어진 팬에 올리니 치익 소리를 내며 오그라들었다. 다 익은 불고기에 참기름 서너 방울을 넣고 뒤적이니 조카와 한데 어울려 음식을 나누던 시골집 밥상이 생각났다.

재료

소고기 불고깃감 900그램(1근 반), 당근 1/2, 표고버섯 2장,
대파 2대, 다진 마늘, 양념장(양조간장 90ml, 맛술 2 큰 술, 설탕
2 큰 술, 매실청 2 큰 술, 배 1/3개, 양파 1/2개, 생강 1쪽, 통깨 2 큰 술,
참기름 1 큰 술, 후춧가루 약간)

1. 키친타월을 이용해서 소고기의 핏물을 충분히 빼준다.

2. 양파 반 개, 배 1/3개, 생강 1쪽을 갈아 즙을 낸 다음 소고기에
넣고 재워둔다.

3. 표고버섯, 당근, 대파는 얇게 썰어주고 마늘은 찧어 놓는다.

4. 양념장 만들기(간장 6 큰 술, 설탕 2 큰 술, 매실청 2 큰 술, 맛술 2 큰
술, 참기름 1 큰 술, 통깨 2 큰 술, 후추 약간, 마늘 2큰술을 넣고 섞어준다.)

5. 양념장을 소고기에 넣고 조물조물 버무린 다음 대파, 양파, 당
근, 표고버섯을 넣고 뒤적여 준다.

6. 양념장에 30분 정도 재워 둔 불고기를 달구어진 프라이팬에서
센 불로 핏기가 가실 때까지 재빠르게 볶아준다.

간장종지

　　　　　　　　지름 6.5센티, 높이 3.5센티. 손아귀
에 쏙 들어갈 만큼 자그맣고 아담한 그릇을 가지고 있다. 이 작
은 그릇을 사람들은 종지라 부른다. 소꿉장난하는 계집애들이
가지고 놀기에 딱 좋을 크기이다 보니 그릇이라 부르기 마땅찮
고 어색하기도 하여 종지라는 이름을 붙이지 않았을까? 이 작
은 종지의 얼굴색은 달빛에 비친 숫처녀의 얼굴처럼 희고 고와
서 명정월색(明淨月色)이다. 제사상에 올리려고 정성 들여 깎아
놓은 밤톨처럼 둥그스레한 모양은 귀엽기까지 하다. 종지의 입
술 부분에는 파란 띠가 한 줄 둘러있는데, 남자들 상에 올라갈

것으로 생각하여 파란색을 칠했는지 마땅히 입힐 다른 색이 없어서 그랬는지 궁금해지기도 한다.

종지를 손에 쥐고 뒤집어 본다. 종지의 엉덩이에 초록색으로 무궁화가 찍혀있고 광주납세필이라는 글씨가 박혀있다. 광주에 사는 어느 도예가의 손에서 만들어진 것인지, 전라남도 어느 산골에서 만들어져서 광주에서 도장을 받았는지 모를 일이지만, 요즈음 볼 수 없는 납세필이라는 글자를 보며 오래된 물건이라는 짐작을 했다. 이 아담한 그릇은 그동안 짜디짠 간장을 담아 숱하게 이 상 저 상 위에 올랐을 것이다. 하지만 어느 한구석 짠물에 찌든 흔적 없이 멀쩡한 것을 보면 작은 물건이지만 근묵자흑(近墨者黑)이라는 말을 무색하게 만들면서 지조를 굳건히 지켜온 것 같다.

시어머님은 검소하기로 말하자면 우리나라에서 상위 1% 안에 들어가실 분이셨다. 부엌살림을 한창 하실 때는 밥 한 톨 버리는 일 없어서 받아놓은 구정물마저 맑았다고 한다. 큰아들이 취직해서 사다 드린 원피스는 30년이 넘도록 입으셨다. 유행이 지났으니 이제 그만 입으시라고 해도 입을 때마다 새것이라고 우기셨으니 유행과는 아주 멀고도 먼 분이었다. 무엇보다 집 안으로 들어온 어떤 물건이든 오래도록 사용하셨기 때문에 물건마다 세월의 흔적을 입고 낡을 대로 낡은 것이 많았다.

　이렇게 얌전한 분에게도 치매가 찾아왔다. 치매 중기로 접어드니 스스로 생활할 능력이 없어지고 몸도 수척해지기 시작했다. 그런 모습을 보면서 어머니와의 이별이 가까워지고 있다는 생각이 들었다. 어머니의 손때가 묻은 무엇인가를 찾아 끈을 만들고 싶어 반닫이를 뒤졌다. 단정하게 정리된 반닫이 안에는 눈에 쏙 들어오는 물건이 없었다. 아쉬운 마음으로 부엌으로 가서 찬장 문을 열었다. 어머님의 부엌 살림살이는 오래된 것들이었지만 고풍스럽지 않았다. 찬장 안에 포개져 있는 투박한 국그릇과 밥사발은 너무 흔하게 생겨서 관심이 가지 않았고 손바닥만 한 하얀 접시는 촌스럽게 느껴졌다. 이리저리 눈을 굴려도 간직하고 싶은 물건을 찾지 못하고 찬장 문을 닫으려는데 구석에 있는 종지가 눈에 들어왔다.

　꺼내어 한 손으로 감싸 쥐니 손아귀 안으로 쏙 들어왔다. 앙증맞기까지 한 이런 물건이라면 오래 간직하면서 어머니를 떠올릴 수 있겠다는 생각이 들었다. 대단한 골동품을 찾아낸 양 의기양양하게 어머니에게 다가갔다. "어머니 저 이 그릇 주세요."라고 하자 흔쾌히 가져가란다. 그러면서 "너 훤한 그릇 많더구먼 찌잔한('못나다'의 전라도 방언) 것을 가져다 어디에다가 쓰게?"라며 해맑게 웃으셨다. 어머니 생각에는 우리 집에 있는 그릇이 보기 좋으셨고 당신이 가진 그릇은 보잘것없다고 생각하시는 것 같았다. 당신이 사용하시던 종지가 나에게 별 쓸모 없을 것으로 생각하셨는지도 모른다. 나는 "어머니께서 사용하시던 그릇이라서 간직하고 싶어서 그래요. 이 종지를 볼 때마다 어머니 생각하려고요."라고 말하며 종지를 화장지에 돌돌 말아 주머니 속에 집어넣었다.

집으로 돌아와서 어머니의 간장 종지를 어디에다 두어야 좋을까 고민했다. 크고 번쩍이는 유리그릇 틈에 두자니 너무 작아 기가 죽을 것 같았다. 그렇다고 날마다 사용하는 그릇들 사이에 두자니 설거지하다가 깨뜨려버릴까 걱정되었다. 손님 접대용 그릇 사이에 두자니 질감도 분위기도 영 어울리지 않았다. 이리 놓고 저리 놓고 하다가 결국은 화려한 색감과 무늬가 현란한 폴란드 그릇 옆에 앉혔다. 생각보다 제법 잘 어울렸다. 동서양의 조화로움도 있었지만, 무엇보다 조선의 단아함과 소박함, 그리고 도도한 절개까지 풍기면서 서양의 화려한 그릇 틈에서 전혀 기죽지 않았다.

어머님께서 돌아가시고 나니 작은 종지가 어머님의 분신처럼 느껴졌다. 간장 종지를 보고 있으면 유난히 작았던 어머님의 손과 발이 생각났다. 어머니께서는 작은 손과 발을 한시도 쉬지 않고 논밭을 일구셨다. 밤에는 졸음을 물리치며 길쌈까지 하셨다고 한다. 거짓말이라곤 농담으로도 해본 적 없는 분이셨다. 남편을 떠나보내고도 오랜 세월 시어머니를 섬기셨던 지조 있는 분이셨다. 하얀 모시 적삼을 가장 좋은 옷으로 생각하시던 분이셨다.

요즘은 옛날처럼 간장 종지를 상에 올리는 시대가 아니지만 작은 간장 종지는 이따금 우리 집 식탁 위에 오른다. 그릭요거트가 담겨 순백의 미가 돋보이는 날은 파란 테두리를 자랑하며 어찌나 식탁 위에서 뽐을 내는지 새침한 아가씨의 도도함은 저리 가라 한다. 빵을 굽는 날은 딸기잼이나 사과잼을 담고 자기가 식탁의 주인인 양 폼을 잡는다. 잼 때문에 잠시 붉어지기도 하지만 세수하고 나면 언제 물들었냐는 듯 이내 또다시 순백의 미를 자랑한다. 사용한 종지를 물로 씻고 있자면 어머님의 모습이 저절로 떠오른다.

어머님 살아계시던 어느 토요일 오후, 담양으로 온천욕을 하러 갔다가 돌아오는 차 안이었다. 뜨거운 온천수에 몸을 담그고 나서인지 어머님도 나도 운전대를 잡은 그이도 기분이 좋아져서 미소가 절로 나왔다. 그이는 콧노래까지 부르며 소풍 전날 잔뜩 들떠서 히죽거리는 중학생 같았다. 창밖으로 보이는 풍경은 서산으로 해가 뉘엿뉘엿 넘어가고 있어서 가로수 사이로 붉어지는 빛깔이 무척이나 아름다웠다. '황혼이란 이다지도 아름답구나'를 속으로 되뇌며 해 질 녘 분위기에 흠뻑 취한 눈으로 어머님을 바라보았다. 세월 앞에서 견디지 못한 어머님 얼굴은 주름으로 가득했지만, 표정에는 넉넉함이 가득했다. 기분 좋아진 어머님의 표정을 백미러로 바라보던 그이가 큰 소리로 물었다.

"엄마! 좋아?" 아들의 물음에 어머니는 "하모. 좋제!"라며 잔잔한 웃음과 함께 고개를 끄덕이셨다.

어머님의 웃음소리에 기분이 한껏 좋아진 그이는 또 다른 질문을 던졌다. "엄마! 나 퇴직하고 나서 군수 선거에 나가볼까?" 어머니는 곧바로 "군수 돼서 뭐 하려고. 높게 올라간다고 좋은 것 아니어. 평범하게 사는 게 행복이여. 적게 먹고 가늘게 싸는 게 좋아."라고 말씀하셨다. 어머님의 대쪽 같은 말씀에 그이는 "알았어요. 엄마! 절대 안 나갈게요."라며 소리쳤다.

지금도 어머니께서 살아생전에 하시던 말씀이 생각이 난다. "높게 올라가려 하지 마라. 떨어질 때 무섭다." "쓸 만큼 있으면 됐지. 욕심부리지 마라. 몸 상한다." 소학교도 못 나오신 분이 어떻게 이런 인생의 깊은 진리를 깨우치셨는지 아무리 생각해도 멋진 깨달음이다. 어머님의 소박하고 지조 있었던 삶, 그러한 삶이 간장 종지에 담겨 지금도 내 곁을 꿋꿋이 지켜주고 있다.

나는 간장 종지가 담아내는 만큼이라도 타인을 오롯이 담아낼 줄 아는 사람인지. 타인에 대한 배려와 사랑이 간장 종지만큼이라도 진실한지. 무엇이 담기든 물들지 않고 나만의 색을 오롯이 간직하며 살아가고 있는지. 밥그릇, 국대접 부러워하지 않고 주어진 삶에 만족하며 살아가고 있는지. 어머니의 간장 종지를 보면서 되돌아보곤 한다.

배추전을 부쳤다. 주르륵 흐를 정도의 반죽 물에 배춧잎을 적셔서 프라이팬에 지져냈다. 어머님의 간장 종지에 간장을 담았다. 어머님의 맑은 간장과는 달리 붉은 고춧가루와 파를 송송 썰어 넣고 고소한 참기름도 두어 방울 떨어뜨렸다. 노릇하게 익은 배추전을 쭉 찢어 양념간장에 적셔 한 입 베어 물었다. 짭조름한 간장의 맛과 달큰하게 지져낸 배추전의 설컹거리는 식감이 아주 잘 어울렸다. 간장 종지 앞에서 먹는 음식은 소박한 맛이 난다. 어머님의 맛이 난다.

주먹구구식
요리법

재료

배추 속잎 10장, 밀가루 2 큰 술, 물 1/2컵, 액젓 1/2술.

1. 배추의 속잎은 따서 깨끗이 씻어 물기를 빼준다.

2. 배춧잎의 도톰한 부분을 방망이로 두들겨서 편편하게 펴 준다.

3. 밀가루 2 큰 술에 물 반 컵과 액젓 1/2 술을 넣고 잘 저어준다.(반죽 상태는 주르륵 흐르는 정도)

4. 밀가루 반죽 물에 배춧잎을 적셔준 다음 달궈진 프라이팬에 기름을 두르고 노릇하게 지져낸다.

뼛속까지 싱그럽게 하는 봄 쑥개떡

언 땅이 녹고 말랐던 대지 위에 생명의 온기가 느껴지는 봄이다. 따사로운 봄볕이 여기저기에 남아 있는 겨울의 시린 흔적을 바삐 지워내고 있다. 겨우내 찬 바람에 시달렸던 마른 잡초 사이로 햇살 받아 수줍게 고개 내민 어린 쑥은 싱싱함을 자랑한다. 어린 시절 코딱지 나물이라 불렀던 광대나물은 성미가 급한 탓인지 연두를 넘어 벌써 초록에 가까워지고 있다. 살금살금 올 것 같았던 봄이 올해는 성큼 다가온 느낌이다.

지천에 파릇파릇 돋아나는 어린 순을 보고 있자니 하늘을 나는 것처럼 마음이 들뜨기도 하고, 봄볕 아래로 친구들을 불러들이고 싶은 마음이 일어난다. 난향을 맡으러 벗을 찾았다던 선비의 발걸음으로 뼛속까지 싱그럽게 하는 봄 향기를 맡기 위해 산과 들로 나가고 싶다. 괜스레 이런 마음이 생기는 것을 보면 봄의 꿈틀거림은 자연에만 국한된 것이 아니라 사람 마음에도 찾아오는 게 분명하다.

천연 비누 만드는 교육을 마치고 우연히 시작되어 여섯 명이 한 달에 한 번 만나는 모임이 있다. 20년 넘게 만남을 유지하고 있는 이 모임에는 유난히 쑥개떡을 좋아하는 사람이 있다. 그녀는 해마다 봄이 되면 어려서 먹었던 동글납작하고 진한 초록색의 쑥개떡이 그립다는 말을 했고 그때마다 우리는 쑥을 캐다 쑥개떡을 만들어 나누어 먹자는 말을 주고받았다.

어느 해 3월 모임의 날짜를 정하면서 2월 모임에서 한 회원이 말로만 그러지 말고 진짜로 쑥을 캐서 쑥개떡을 만들어 먹자고 했다. 다들 고개를 끄덕이며 동의했는데 막상 쑥을 캐러 나갈 마땅한 장소가 생각나지 않았다. 어느 곳에 쑥이 많을까, 어느 곳의 쑥이 깨끗할까를 고민하던 차에 내가 강의하러 다니던 대학의 강의실에서 멀지 않은 언덕이 생각났다. 천잠산 자락과 연결된 언덕이었는데 봄이면 양지바른 곳에 쑥이 쫑긋쫑

굿 탐스럽게 올라오던 것이 생각난 것이다.

3월 모임 날이 되자 신이 난 모임의 구성원들은 과도와 비닐 봉지를 챙겨와서 대학 캠퍼스로 향했다. 강의실에서 멀지 않은 언덕의 쑥은 우리의 마음에 쏙 들 만큼 깨끗하게 자라고 있었다. 우리는 비닐봉지를 부스럭거리며 산자락의 나지막한 들판에 흩어져 쑥을 캐기 시작했다. 나는 언덕 위쪽에 앉아 쑥을 캐서 봉지에 담았다. 파릇파릇 돋아난 쑥을 한 손으로 잡고 다른 손으로 과도를 땅속 깊이 쑤셔 넣으니 쑥이 쏙쏙 빠져나왔다.

가끔 바람이 휑하니 불어와 머리카락을 흩어놓았다. 하지만 내리쬐는 봄볕 때문에 등은 따뜻했다. 쑥을 캐는 동안 보드라운 아기 쑥이 봉지에 쌓여가는 재미가 있었다. 순간 '아! 봄은 이렇게 따사롭고 대지가 올려 주는 생명을 거저 받아낼 수 있으니 얼마나 좋은 계절인가?'라는 생각이 들어 가슴속에 생기가 가득 차오르는 느낌이 들었다. 봄의 향기는 마음을 붕 뜨게 마법을 부렸다.

한 시간 반 정도의 시간이 흐른 뒤, 여섯 개의 봉지에 담긴 쑥을 살림 잘하는 사람이 가져가 손질하겠다고 했다. 쑥개떡을 만들려면 캔 쑥을 고르고 씻고 삶아서 쌀과 함께 방앗간에 가져가 빻은 다음 촉촉한 상태로 반죽해서 쪄내야 한다는 말을 덧붙였다. 한순간에 뚝딱 만들어지는 음식이 없는 것처럼 쑥개떡 역시 손쉽게 만들어지지 않는다는 것을 알았기에 우리는 그녀에게 머리를 조아리며 고맙다고 했다. 이어서 봄을 주물럭거려 만든 쑥개떡을 한입 베어 물면서 '이건 내 손으로 직접 캔 쑥으로 만든 거야'라며 즐거워할 시간을 상상했다. 부풀었던 기대감이 충족되었으면 얼마나 좋았을까? 우리의 야무진 기대감은 얼마 지나지 않아 흠집이 났다.

"아니, 누가 국화를 캔 거야?"

이게 무슨 일이람. 내가 캔 쑥이 다른 이들이 캔 쑥보다 모양이 예쁘고 색도 진하다는 생각이 들어 우쭐했었는데 그게 국화 싹이었다니. 모두 이 나이 먹도록 쑥과 국화 싹도 구별 못 한다느니, 국화 싹을 넣고 떡을 쪘다면 써서 어떻게 먹었겠느냐면서 배꼽을 잡고 웃어댔다. 며칠 뒤에 국화싹을 골라내고 만든 쑥개떡을 만날 수 있었다. 고소한 참기름을 발라 빤닥거리는 쑥개떡을 한 입 베어 무니 쑥 향내가 입안 가득 퍼졌다. 국화 싹을 캐 버린 실수로 화끈거리던 마음은 금세 파릇한 봄으로 물들었다.

쑥을 캐서 직접 쑥개떡을 만들어 먹은 지 10여 년이 지난 올해의 3월에 우리는 모악산자락에서 만났다. 모악산으로 오르는 입구에서 할머니 한 분이 쑥개떡을 팔고 있었다. 쑥개떡을 좋아하는 그녀가 쑥개떡 한 봉지를 샀다. 손바닥보다 작은 쑥개떡을 한 장씩 나눠 먹으면서 우리는 또 국화 싹 캤던 얘기를 하며 산길에 서서 한참 웃었다. 다 함께 나눌 수 있는 추억이 있다는 것은 그것이 실수라 하더라도 정서적 재산으로 남아 저축되어 있는 것 같다. 언제든지 꺼내 쓸 수 있는 자유 저축 말이다.

요즘 들어 집에서 간단히 쑥개떡 만드는 방법을 생각해 냈다. 새봄에 한 번 먹을 만큼만 만들어서 먹으니 봄맞이용으로 딱 좋았다. 쑥개떡을 만들기 위해서는 먼저 쌀을 8시간 이상 불려두고 쑥은 씻어서 데친 다음 잘게 다져둔다. 쑥은 잘게 다지면 다질수록 좋다. 불린 쌀을 분쇄기에 넣고 간 다음, 다진 쑥과 설탕, 소금을 넣고 반죽해서 찜기에 쪄내면 맛있는 쑥개떡이 완성된다. 쑥은 몸을 데워주는 따뜻한 음식이라고 한다. 그러니 몸이 찬 사람에게는 보약이나 다름없다. 어렸을 적에는 쑥의 진한 향이 싫었는데 나이가 들어가니 향긋한 쑥 냄새가 좋아진다. 음식의 맛도 나이가 들어가면서 철이 드는 모양이다.

주먹구구식
요리법

재료

쑥 150g, 습식 쌀가루 300g, 소금 약간, 설탕 2큰술, 물 2~3큰술, 참기름 약간.(9~10개 분량)

1. 쑥은 끓는 물에 소금을 넣고 1분 정도 데쳐준 다음 물기를 꼭 짠 후 잘게 다진다.

2. 8시간 이상 불린 쌀은 분쇄기에 갈아준다.(습식 쌀가루 300g)

3. 쌀가루와 쑥을 넣고 미지근한 물 2큰술, 설탕 2큰술, 소금을 약간 넣고 치댄다.(10분 정도 치대기)

4. 반죽을 10등분 해서 동그란 모양으로 만든 뒤 납작하게 눌러준다.

5. 찜기에 물을 넣고 면 보자기를 깐 다음 쑥개떡을 넣고 중불에서 10분 정도 쪄낸다.

6. 불을 끄고 잠시 뜸을 들인 후에 참기름을 발라준다.

2장

위로의 맛

잠들기 힘든 날들 _____ 통단팥 호박죽

　　　　　　칠흑같이 깜깜한 방에 혼자 누워있
다. 베갯잇이 흠뻑 젖도록 울다 지쳐서 숨을 헐떡거린다. 걸음
도 걷지 못하고 할 수 있는 일이라곤 몸을 굴려서 뒤집는 것밖
에 할 수 없다. 이런 내가 악을 쓰며 울다 쉬다 또 울고 있다.
과연 몇 살 때의 기억일까?

　갓난아이가 되어 우는 꿈은 마흔 살이 될 때까지 자주 꾸었
다. 왜 이런 꿈이 반복적으로 꾸어지는지 궁금했지만 꿈을 꾸
고 나서 특별히 기분이 나쁘지는 않았다. 마흔 살이 넘던 해에
꿈의 해석이라는 강의를 듣게 되었다. 강의에 초청했던 교수님

과 인연이 되어 가까운 사람들과 함께 집단 상담을 받게 되었는데 과정 중에 갓난아이가 되어 울고 있는 꿈 얘기를 할 기회가 있었다. 집단 상담을 진행하던 교수님은 무의식에 관한 강의를 깊이 있게 다루어 주면서 어린 시절에 혹시 무슨 일이 있었는지 기억해 보라고 했다. 하지만 특별히 기억나는 일이 없었다.

집단 상담을 마치고 나서 며칠 뒤 엄마에게 물었다. 어려서 나를 재우고 다 같이 어디를 간 적이 있었느냐고. 엄마는 지난날을 회상하듯 잠시 생각에 잠기더니 말문을 열었다. 내가 막 돌이 지났을 때 동네에 서커스단이 들어왔고 아빠가 아이 키우느라 고생하는 엄마를 위해 서커스 입장권을 사 오셨다고 한다. 나는 어려서 순하기도 했지만 재우고 나면 깊은 잠을 자는 아기였다고 했다. 그래서 나를 재워놓고 오빠랑 언니를 데리고 아빠와 넷이 서커스를 보고 왔단다. 신나게 서커스 구경을 하고 돌아와 보니 아기가 얼마나 울어댔는지 베갯잇이 다 젖어 있더란다. 자면서도 경기를 하듯 몸을 떨며 흐느끼고 있었다고 했다.

그 일이 있은 뒤로 한동안 어린 나는 잠이 들 때면 잠투정이 심해졌다고 했다. 잠을 자다가도 놀라서 눈을 번쩍 뜨기도 했고 엄마와 떨어질 때면 떨어지지 않으려고 안간힘을 쓰며 울었다고 했다. 엄마는 이런 나를 보며 어린 것을 홀로 두고 서커스 구경하고 온 일을 내내 후회하며 회개 기도까지 했다고 한다. 엄마 말을 들으면서 갓난쟁이였던 내가 왜 홀로 남겨졌는지, 꿈속에서 어린 내가 왜 그리 악을 쓰며 우는지 이해할 수 있을 것 같았다. 엄마에게 미안하다는 사과를 받는 것처럼 느껴졌다. 그 일이 있고 난 뒤로 반복적으로 꾸던 꿈을 더 이상 꾸지 않았다.

나는 어려서부터 꿈을 자주 꾸던 아이였다. 상징적인 꿈을 꾸기도 했고 실재의 주변 인물들이 꿈속에 등장하기도 했다. 어려선 흑백으로 꿈을 꾸었으나 요즘은 컬러로도 꿈을 꾼다. 몇 개의 꿈은 아직도 기억 속에 생생하다.

좋은 꿈을 꾸고 나면 잠에서 깨면서도 기분이 좋아 마음이 풍선처럼 하늘을 난다. 하지만 무섭거나 걱정스러운 내용의 꿈을 꾸고 나면 불안감이 스멀스멀 기어 올라와 명치끝이 갑갑해진다.

십이 년 전 8월 초순, 더위가 밤낮으로 기승을 부리던 때 끔찍한 꿈을 꾸었다. 친정엄마의 두 다리가 부러지는 꿈이었다. 무릎에서 복숭아뼈 사이가 한순간에 툭! 소리를 내며 부러지고 말았다. 순간 어찌나 놀랐는지 두 눈을 번쩍 뜨고 시계를 보니 새벽 4시였다. 이른 시간이라 다시 눈을 감으며 잠을 청했지만 심장 두근거리는 소리 때문에 잠이 오지 않았다.

몸을 뒤척이다 곤히 자는 남편이 깰까 봐 거실로 나오니 스산한 느낌이 들어 몸이 오싹했다. 안 좋은 일이 생기면 어쩌나 하는 생각이 드니 한여름 더운 기운이 사라지고 어디선가 쌩하니 찬 바람이 부는 것 같았다. 거실 등을 환하게 켰지만, 마음은 환해지지 않았다. 시커먼 어둠을 살라내고 어서 환한 해가 떠올라 내 마음을 비춰주면 좋겠다고 생각했다.

그 뒤로 딱 두 달이 지난 10월 7일, 수업하러 강의실로 들어가기 직전에 막냇동생한테 다급한 전화가 왔다. 엄마가 심각한 교통사고로 응급실로 갔으니 당장 오라는 것이었다. 심장이 쿵 소리를 내며 저 밑으로 굴러떨어졌다. 급하게 과사무실에 연락을 취하고 자동차를 몰고 응급실로 가는 내내 온몸이 부들부들 떨렸다. 드디어 올 것이 오고야 말았다는 생각에 "이를 어쩐대, 이를 어쩐대"를 수없이 중얼거리며 병원에 도착했다.

소독약 냄새가 나는 응급실에 하얀 가운을 입은 의사와 간호사들이 엄마가 누워있는 침대 주변으로 병풍처럼 둘러서 있었다. 가까이 다가가니 젊은 의사가 다리미처럼 생긴 제세동기를 이용해서 심폐소생술을 하고 있었다. 전기충격을 가할 때마다 엄마의 몸은 침대에서 펄쩍 뛰어올랐다가 털썩 내려앉았다.

두 손이 부서져라 깍지를 끼고 두 다리를 동동 구르며 엄마를 지켜보고 있자니 눈물이 수돗물처럼 콸콸 흘러내렸다. 엄마에게 서너 번의 심장 마사지를 하고 난 후에 의사가 나에게 다가왔다. 엄마 다리에 차 범퍼가 부딪히면서 내부 출혈이 심했던 것 같다고 했다. 그러니 더 이상 처치하는 것은 의미가 없겠다며 조금만 더 기다렸다 사망 선고를 하겠다고 했다. 엄마 나이 여든 살이었다.

의사와 간호사가 제자리로 돌아가고 침대에 누워계신 엄마 곁으로 다가갔다. 얼굴엔 연지곤지를 찍은 것처럼 붉은 멍이 구슬처럼 박혀있었다. 사고가 나면서 바닥을 뒹구느라 그려진 상처였다. 엄마의 미지근해진 손을 내 손의 열기로 데웠다. 눈물방울이 뚝뚝 떨어져 내 손등을 적시고 엄마의 손바닥으로 흘러 들어갔다. 동생은 엄마 옆에서 침대를 치며 엉엉 울고 있었다. 내 뒤에 서서 하늘로 얼굴을 향하고 있던 남편의 뺨 위로는 눈물이 하염없이 흘러내렸다.

이렇게 갑자기 돌아가시다니. 그것도 교통사고로.

처한 상황이 어처구니가 없어 받아들일 수 없었다. 그때 끔찍한 꿈을 꾸고 나서 엄마에게 좀 더 신경 쓸 것을. 고3을 달리고 있는 딸에게 온통 정신을 집중하느라 엄마에게 신경 쓸 겨를이 없었다는 말은 그저 핑곗거리일 뿐이었다. 딸이 수능을 마치고 나면 잠시라도 엄마를 집으로 모셔 오려고 남편과 계획했었다는 말은 사후약방문에 불과했다.

한참을 넋 놓고 울다가 사람이 죽어가면서 맨 마지막까지 살아있는 기관이 청각이라는 말이 떠올랐다. 엄마가 들을 수 있을지도 모른다는 기대감이 들었다. 몸을 숙여 엄마 귀에 입술을 가져다 댔다. 뜨거운 눈물이 엄마 머리카락 위로 툼벙툼벙 떨어졌다. 소리를 낼 수 없을 만큼 목이 메였지만 한 자 한 자 천천히 엄마에게 말을 건넸다.

"엄마......엄마......엄마......미안......해요. 지켜주지...못해서. 천국에서......사랑했던......아빠......만나서......행복하게......지내세요."

엄마는 애끓는 내 소리를 듣고도 아무 반응이 없었다. 오열하며 엄마를 힘껏 끌어안았다. 이대로 어처구니없게 엄마와 헤어져야만 한다는 사실을 도저히 받아들일 수 없었다. 돌쟁

이인 나를 홀로 방에 재워두고 서커스 구경을 다녀오셨던 엄마를 이대로 보내 드릴 수가 없었다. 혼자서 까만 방에서 온 힘을 다해 울었던 갓난아이로 돌아가 엉엉 울어댔다. 응급실이 떠나가도록.

올해도 여전히 엄마와 갑자기 이별했던 날이 다가오고 있다. 매년 엄마의 추도 일이 다가올 때마다 끔찍한 꿈을 꾸고 불안해 하던 마음이 슬며시 찾아온다. 어쩔 줄 모르고 서성거리던 12년 전의 초조함이 어깨 위에 숄처럼 걸쳐진다. 잠을 자려면 파릇한 긴장감이 찾아온다. 몸이 오싹거리고 숨이 턱 멎을 것 같은 꿈을 또 꾸게 될까 봐서.

불안한 마음이 들 때 나는 통팥 단호박죽을 끓인다. 통팥을 넣은 단호박죽은 엄마가 좋아하셨던 죽이었다. 우리 집에 오실 때마다 끓여드리면 입맛을 쩝쩝 다시며 단호박죽 한 대접을 너끈히 비워내시곤 하셨다.

통팥 단호박죽을 끓이기 위해선 먼저 물을 넉넉히 넣고 팥을 포슬포슬하게 삶아 놓는다. 단호박은 껍질째 잘라서 쌀을 넣고 호박씨 간 물과 함께 삶아준다. 호박과 쌀이 익으면 소금 두 꼬집을 넣고 핸드 믹서를 이용해서 갈아준 다음, 삶은 통팥을 넣고 저어가며 잠시 더 끓여준다.

껍질과 호박씨를 갈아 넣은 단호박 죽은 푸르스름한 셔츠를 입은 개나리꽃 같다. 설탕을 넣지 않아도 달콤한 맛은 화장기 없는 수수한 여인의 얼굴 같고, 고소한 맛은 누룽지의 구수함을 닮았다. 단호박죽은 어느 날 문득 찾아온 불안한 마음을 포근하게 덮어주는 이불이다. 입속에서 톡! 터지는 통팥은 내 안에 머무는 불안함을 몰아내는 마법사다.

재료

팥 1컵, 단호박 중간 크기 1개, 현미 찹쌀 1컵, 소금 두 꼬집.

1. 단호박을 껍질째 잘라서 씨를 뺀다.

2. 호박씨를 믹서기에 물 3컵을 붓고 갈아 채에 거른다.

3. 오목한 냄비에 자른 단호박, 불려둔 현미 찹쌀, 호박씨 간 물을 넣고 물 3컵을 넣은 다음 끓여 준다.

4. 단호박과 현미가 익으면 핸드 믹서로 갈아준 다음 삶은 통팥을 넣고 저어가며 잠시 끓이다 소금으로 간을 맞추고 불을 끈다.

님과 함께 ──────────────── 루꼴라 새우죽

　　　　　　　　님은 달맞이꽃 아련히 피어난 강가를 돌아 달빛 먼 길에서 오는 줄 알았다. 님은 졸졸 흐르는 물소리, 서걱서걱 풀잎 스치는 바람 소리를 내며 오는 줄 알았다. 하지만 강가를 돌아오지도 멀리 있는 길에서 오지도 않았다. 아무런 인기척 없이 어느 날 갑자기 와버렸다. 문득 찾아온 님과 함께 지낸 지 나흘이 되었다. 님을 품은 강렬함이란 몸속에서 활화산이 끓어오르듯 뜨거운 마그마가 온몸을 들썩거리게 한다.

지난 목요일 오후부터 목이 칼칼하더니 기침이 나왔다. 그동안 요리조리 잘 피해 왔는데 이번엔 걸린 건가? 의심스러운 마음으로 자가 진단 키트를 꺼내 검사를 했다. 하얀 면봉이 달린 얇은 막대기를 콧구멍 속에 집어넣고 둥글게 원을 그리며 문지르니 재채기가 나왔다. 용액이 든 얇은 대롱 속에 면봉을 넣고 열 번 정도 저은 뒤 꺼냈다. 뚜껑으로 막은 대롱을 위아래로 대여섯 번 살살 흔들었다. 검체 추출액을 검체 점적 부위에 세 방울 떨어뜨렸다. 시간이 지나면서 빨간 줄이 그어졌다. 한 줄이었다.

음성인 상태였지만 밤새 몸에 이상 신호가 왔다. 으슬으슬 몸살기가 있으면서 추웠다. 옷을 껴입고 긴소매 옷으로 갈아입었다. 목이 따끔거렸다. 기관지 저 밑이 근질근질하더니 기침이 나왔다. 가래가 끼는지 목구멍이 갑갑했다. 가래는 아직 뱉어낼 정도는 아니고 머리는 심하게 아픈 것은 아니나 약간 띵한 느낌이었다. 목이 잠기면서 목소리가 갈라졌다.

아침에 일어나니 딸이 연락했는지 아들한테 전화가 왔다. 환절기라 독감일 수 있으니 지레 겁먹지 말고 병원에 가서 얼른 검사받으란다. 심란한 마음이 들었지만 집에서 이십 분 거리에 있는 이비인후과에 갔다. 버스를 타고 가려다 다른 사람들에게 피해가 될까 봐 골목길로 걸어갔다.

병원에 도착해서 진료를 마치고 검사실로 들어가니 신속 항원 검사를 하기 위해 젊은 의사 선생이 머리부터 발끝까지 방역복을 뒤집어쓰고 들어왔다. 의사 선생이 하얀 솜이 달린 얇고 기다란 막대기를 코에 깊숙이 넣고 쑤셨다. 비갑개 쪽까지 후벼대니 캑! 소리와 함께 코끝이 찡하니 아팠다. 검체 추출액을 검체 점적 부위에 떨어뜨리니 곧바로 빨간 줄이 두 줄 선명하게 그어졌다. 아! 피해 갔으면 좋았으련만 나에게도 드디어 그 님이 오고야 말았다고 생각하니 걱정스러웠다. 저 푸른 초원도 아니고 방 한 칸에 기대어 일주일을 살아야 한다니 심란한 마음마저 우르르 몰려왔다.

양성 판정을 받은 다음 날은 일 년에 한 번씩 친정 자매들과 손톱에 봉숭아 물들이기를 하며 공식적으로 외박하는 날이었는데 모든 일정이 취소됐다. 언니랑 동생을 만날 수 없다는 아쉬움에 속이 상했다. 왜 하필 님은 이때 왔단 말인가. 아쉬움도 잠시 약을 먹어서 그런지 눈가에 졸음이 몰려왔다. 침대에 누웠다. 한숨 자고 두숨 자고 침대와 자꾸 한 몸이 되었다. 목이 근질거리면 창자가 울리도록 기침을 해댔다.

잠에 취해 있는데 카톡 창이 시끄럽다. 어디가 어떻게 아프냐고 묻는다. 기운도 없고 코도 찍찍하고 목도 칼칼하고 팔다리가 쑤시고 아픈데 견딜 만하다고 거짓부렁을 적어 올렸다. 잠에 취해 비몽사몽인데 전화가 연달아 들어온다. 아들, 딸, 며느리, 사위, 남편까지. 최대한 아프지 않은 목소리를 내려고 톤을 높여가며 말했다. "괜찮으니까 다들 염려하지 말아"라고.

식구들을 겨우 진정시키고 나니 언니 동생한테도 전화가 와서 편히 누워있을 수 없었다. 부엌으로 나와서 루꼴라 새우죽을 끓였다. 야채실에 사다 놓은 루꼴라가 한 줌 남아 있기도 해서지만, 남편의 코로나 죽으로 루꼴라죽이 인기 있었기 때문이다. 이번에 끓이는 루꼴라죽은 아픈 나를 내가 대접하는 죽이다. 먼저 당근, 양파, 표고버섯 서너 장을 다지기에 넣고 잘게 다졌다. 다지기가 없었다면 야채 써는 일에 시간이 오래 걸렸을 텐데 야채를 넣고 버튼을 서너 번 누르니 금세 잘게 다져졌다. 누가 이렇게 신기한 물건을 만들어 냈는지 그저 고마운 마음이 들었다.

오목한 냄비에 다진 야채와 물을 적당히 붓고 코인 육수 두 알을 넣었다. 야채가 푹 무를 때까지 팔팔 끓이니 용솟음치듯 끓어오르는 육수와 함께 울긋불긋한 야채 조각들이 신명 나게 춤을 추었다. 야채와 어우러진 멸칫국물 냄새가 온 집안에 진동했다. 새우는 뻣뻣한 껍질을 까서 말캉한 속살을 잘라 넣고, 미끈거리는 오징어는 잘게 다져 넣으니 금세 목화솜처럼 하얗게 익었다. 쫀득한 찰밥 한 공기를 넣어주고 국자로 저어가며 풀어줬다. 작은 분화구를 여러 개 만들어 내며 죽이 냄비 속에서 보글보글 끓었다. 서양 시금치 루꼴라를 송송 썰어 마늘과 함께 넣고 휘휘 저어주니 루꼴라의 초록빛이 야채와 하얀 찰밥을 만나 노란색이 감도는 연둣빛으로 곱게 물들었다.

쉬는 시간마다 전화하던 딸내미에게 루꼴라 죽을 끓이는 중이라고 했더니, 아픈데 무슨 죽을 끓이느냐며 당장 그만두란다. 자기가 퇴근하는 길에 샐러드도 죽도 사오겠다며...

말은 고맙지만 이미 다 끓여버렸는걸 어쩌란 말인가. 아직 이 정도는 움직일 수 있으니 괜찮다며 딸내미를 안심시키고 전화를 끊었다. 다 끓여진 루꼴라 죽을 한술 떠서 호호 불어 입에 넣으니 새벽녘에 이슬 머금은 풀잎 향이 입안 가득 퍼졌다. 찹쌀이 퍼져 걸쭉해진 죽이 혀끝을 부드럽게 감싸 안았다. 뽀얗게 익은 새우살과 오징어가 씹히니 고소했다. 내가 나를 위해 끓인 루꼴라 새우죽을 앞으로 서너 그릇만 더 먹고 나면 아픈 것이 다 나을 것 같았다. 죽을 조금씩 나눠서 그릇에 담아두고 여기저기 살균액을 충분히 뿌려 닦아낸 다음 부엌을 나왔다. 이제부터 한 주 동안은 들어서지 않을 나의 부엌을.

젊은 날엔 바빠서 요리를 열심히 하지 못하던 내가 요리하는데 열심을 내게 된 것은 암 수술을 하고 나서였다. 잘 먹어야 건강하다는 진리를 아픈 뒤에 깨달았으므로. 건강을 잃고 나서야 그것이 얼마나 소중한 것인지 알게 되었으므로. 엄마는, 아내는, 주부는 몸이 아프고 나서야 자신을 돌볼 겨를이 생기는 존재다. 아낌없이 주는 나무처럼 가족을 위해서 내내 살아내다가 아프고 난 뒤에야 제 몸을 돌보게 되는 그런 미련함이 있는 존재가 엄마고 아내이며 주부이다. 나보다 자식을 우선으로 돌보는 엄마들, 나보다 남편을 먼저 생각하는 아내들, 나보다 가족의 필요를 더 챙기는 주부들의 대열에 끼어서 나도 역시 그랬다.

양성 판정을 받은 지 사흘째 되는 오늘은 기침이 더 많이 심해졌다. 지하에서 마그마가 용솟음쳐 끓어오르듯 멈추지 않는 기침을 토해낼 때마다 허리가 끊어져라 아프고 골이 흔들린다. 하지만 다행히 심한 열과 지독한 몸살기는 없으니 이만하면 적당히 부대끼는 것이라 감사할 따름이다. 님과 함께 부대끼는 기간만큼은 가족에게 향했던 마음을 접고 나에게 집중하며 충분히 쉬고 또 대접받으며 지내야겠다. 자가 격리하고 있는 방 안으로 얼큰한 육개장, 닭개장, 맑은 소고기뭇국이 돌아가며 들어온다. 맛깔나게 맛있는 걸 보니 남편이 어디서 사다 대는 모양이다. 그나저나 지구촌에 있는 수많은 사람에게 아직도 일일이 찾아가고 있는 님은 언제나 걸음을 멈추려는지. 그의 걸음이 온전히 멈추게 되는 날 다 함께 모여 환하게 웃으며 축배를 들리라.

재료

야채 다짐(당근, 양파, 표고버섯, 단호박) 1공기, 새우 6마리, 오징어 1마리, 마늘 4쪽, 루콜라 한 줌, 찰밥 1공기, 물 1.5L, 코인 육수 2알.

1. 냄비에 다진 야채와 물, 코인 육수를 넣고 야채가 무를 때까지 펄펄 끓여준다.
2. 야채가 익는 동안 새우는 껍질을 까두고 오징어는 잘게 다져둔다.
3. 끓는 야채에 오징어와 새우를 넣어준 다음, 찰밥을 넣고 국자로 풀어준다.
4. 밥알이 다 풀어졌으면 찧어둔 마늘을 넣고 송송 썰어둔 루꼴라를 넣은 다음 국자로 서너 번 휘휘 저어준 후 불을 끈다.

녹용 사건 얼큰 소고기 우거짓국

무뚝뚝하기 그지없는 외사촌 오빠 한테 전화가 왔다. 근무하던 간호사가 갑자기 그만두었는데 사람을 구할 때까지 자리 좀 지켜달라는 것이었다. 마침 방학을 맞이하기도 했지만 용돈이 궁하던 터에 당장 다음날부터 나가겠다고 했다. 대학교 3학년 겨울방학 때였다.

오빠네 한의원은 침 잘 놓기로 소문나 있었다. 한의사였던 할아버지의 업을 이어받아 한의사가 된 오빠는 침놓는 실력이 수준급이었다. 하지만 환자들이 한약을 지으러 와야 돈을 많이 벌텐데 오빠네 한의원엔 침 맞으러 오는 환자들이 줄을 이었기 때문에 오빠는 하루 종일 바쁘기만 했지 실속이 없었다.

한의원에 나간 지 닷새째 되던 날, 곱슬머리에 코가 큼지막한 남자가 슬리퍼를 찍찍 끌고 한의원으로 들어왔다. 원장실은 문을 닫지 않고 얇은 천으로 가림막을 쳐놓았기에 안이 들여다보이진 않았지만 말소리는 다 들렸다. 그 남자는 오빠와 한참 동안 낄낄거리더니 나지막하게 말했다. 환자들에게 침만 놓아주지 말고 한약을 지어 팔아야 돈이 된다고. 나중에 알고 보니 그 남자도 한의사였다.

후배의 말을 듣고 심경에 변화가 생긴 것인지, 어디에 요긴하게 쓰려고 그랬던 건지, 오빠는 손으로 한 뼘쯤 되는 어린 녹용을 구해다가 얇게 썰었다. 녹용의 겉모양은 연한 갈색이었는데 할아버지가 쓰셨던 자그만 작두 사이에 넣고 서걱서걱 자르니 선홍색 피가 벌겋게 작두날에 묻었다. 약효가 어찌 되었든 내 눈엔 녹용이 그저 징그럽게만 보였는데 하필이면 내가 자주 왔다 갔다 하는 곳에 올려 두어 볼 때마다 눈살이 찌푸려졌다.

녹용은 그늘에서 며칠을 말리니 잔털이 도넛 모양으로 띠를 이루며 꾸덕꾸덕한 초콜릿색으로 변해갔

다. 다 마른 녹용은 비닐봉지에 고이 넣어 한약장 높은 곳에 넣어두었다. 다른 일은 다 나한테 시키면서 녹용은 오빠가 직접 만졌다. 나한테 처리하라고 했으면 징그러워서 싫다고 고개를 절레절레 저었을 테지만 오빠가 관리해 줘서 다행이라는 생각이 들었다.

녹용을 높은 곳에 고이 모셔둔 이틀 뒤, 출근했더니 화가 잔뜩 난 얼굴을 한 오빠가 한약장 앞에 서 있었다. 무슨 일이 있느냐 물어보려는데

"이 녀석아! 녹용 어디에 뒀어. 이런 것에 손을 대면 어떡해!"

다짜고짜 소리치는 오빠의 목소리는 확신에 차 있었다. 마른하늘에 날벼락 치듯 대체 무슨 상황인지 영문을 모르는 나는 그 자리에서 순식간에 목석이 되어 버렸다. 마치 녹용을 훔치다가 들켜버린 도둑처럼.

"이놈아! 녹용 어떻게 했어."

안경 너머로 눈을 부릅뜨며 재차 묻는 오빠에게 녹용에는 손도 대지 않았다고 말하다가 눈물이 왈칵 쏟아졌다. 오빠는 계집애의 눈물 앞에서 마음이 약해진 탓인지 더 추궁하려던 자세를 멈추고 한숨을 쉬더니 원장실로 들어가 버렸다.

만져보지도 못한 녹용은 대체 어디로 간 건지 여기저기 약장 서랍을 뒤졌지만 찾을 수 없었다. 오해받고 있다는 생각에 억울한 마음이 들어 씩씩거리며 애꿎은 화장지를 확 잡아당겨서 눈물을 닦아내고 코를 팽팽 풀어댔다. 오빠는 뭘 잘했다고 시위하듯 훌쩍거리냐는 듯 원장실에서 헛기침을 해댔다.

어떻게 시간이 흘렀는지 모르게 오전 진료 시간이 지나고 점심시간이 되었다. 오빠는 내가 잘 먹는 얼큰 소고기 우거짓국 두 그릇을 운암집에 시켰다. 아무것도 먹고 싶지 않았던 나는 뜨거운 국을 훌훌 먹어대는 오빠 옆에서 입술을 꾹 다문 채 시위하듯 새초롬하게 앉아 있었다. 마지막 수저질을 할 때까지 내 태도에 변화가 없자 살짝 당황한 듯한 오빠는 나를 힐끗 쳐다보더니 물컵을 들고 와서 내 주위를 얼쩡거리다 헛기침을 하며 원장실로 들어가 버렸다.

이런 일이 있은 뒤로 다음 날도 그다음 날도 오빠는 녹용에 대해서 아무 말 하지 않았다. 지금 생각해 보면 철없는 계집애가 녹용을 집에 가져다가 이미 어찌해 버린 줄로 생각했던 것 같다. 그러니 오빠 체면에 더 이상 쩨쩨하게 문제 삼기는 틀렸다 싶어서 녹용의 행방 찾는 일을 멈추었던 것 같다.

한의원에서 아르바이트하던 그해 겨울 방학이 빠르게 지나갔다. 개학이 가까워지자 내가 물었다. 간호사는 왜 안 구하는 거냐고. 개학하면 앞으로 한의원에 나오지 못할 텐데 그럼 이 자리는 누가 지킬 거냐고. 오빠는 여유 있는 표정을 짓더니 2월까지만 한의원을 운영할 거라고 했다. 대학에 교수 자리로 초빙되어 간다는 것이었다. 한의원을 운영하는 것보다 교수직이 오빠에게 더 잘 어울린다는 생각이 들어서 정말 잘된 일이라 생각했지만, 녹용 사건 이후로 서먹해진 마음 탓에 좋아하는 마음은 내비치지 못했다.

2월 마지막 주가 되자 한의원에 있던 다른 물건은 다 처분하고 한약장만 남았다. 할아버지께서 쓰셨던 한약장은 처분할 수 없어서 오빠네 집으로 가져간다고 했다. 한약장 안에 있던 한약재를 각각의 종이봉투에 담아 두고 물건을 날라줄 일꾼 아저씨를 기다렸다. 아저씨 둘이 한의원에 도착해서 벽에 바짝 붙여놓은 한약장을 가볍게 들어냈다. 한약장이 한의원 밖으로 나가자 텅 빈 벽 위쪽으로 가로 20센티 세로 10센티 정도 크기로 파인 네모난 구멍이 보였다. 구멍 속엔 거뭇한 물건이 담긴 비닐봉지가 비스듬히 놓여있었다.

고개를 갸우뚱하던 오빠가 구멍에서 물건을 꺼내 들었다. 손으로 먼지를 툴툴 털어내더니 "이게 왜 여기 있지?"라고 작은 목소리로 말하다가 나를 힐끔 바라봤다.

"뭔데 그래요?"라며 내가 다가가자 "어……. 이게……."라
며 말끝을 흐리더니 내가 봐선 안 될 물건이나 되는 것처럼 뒤
로 감추는 시늉을 했다. 대체 무엇이길래 그러나 싶어서 오빠
가 들고 있는 비닐봉지 쪽으로 고개를 쭉 내밀었다.

"어머나! 녹용이 왜 여기 있는 거지?"

나는 어이가 없다는 표정으로 오빠를 쏘아보며 말했다.

"서생원이란 놈이 너를 도둑으로 몰았나 보다. 허허허."

오빠는 염치없다는 표정을 지으며 어색한 웃음을 지었다. 증
거도 없이 다짜고짜 나를 도둑으로 몰아세우던 오빠의 화난 표
정이 떠올랐다. 어이가 없었다. 무엇보다 오해해서 미안하다고
분명하게 사과하지 않는 오빠의 태도에 서운한 마음이 들었다.
하지만 그동안 받았던 의심의 눈초리를 벗어 던졌다는 것만으
로도 속이 후련했다. 오빠와 헤어져서 집으로 돌아가는 길에
어찌나 발걸음이 가볍던지 마치 몸이 새털이 된 것 같았다.

40년이 넘은 그때 일을 생각하니 억울한 마음으로 한 달이
넘게 속상해하던 시간이 떠올랐다. 억울했던 마음이 세월 속
에 흔적 없이 사라진 줄 알았는데 오늘은 물에 빠진 생쥐처럼
고개를 쏙 내민다. 지금은 70세가 넘어버린 오빠지만 전화라

도 걸어서 그때 찾은 녹용은 어디에 썼느냐고 묻고 싶다. 오해
가 풀렸을 때 미안한 마음은 없었느냐고도 따져 묻고 싶다. 하
지만 다 지나버린 일을 이제야 꺼낸다 한들 무슨 소용 있을까?
그저 그때 화가 나서 한 술도 뜨지 않고 식당으로 보내버린 얼
큰 소고기 우거짓국이나 끓여 먹으며 개운치 않은 마음을 달래
봐야겠다.

소고기 우거짓국을 끓이기 위해서는 먼저 솥에다 얼갈이배
추와 물을 약간 넣고 물컹하게 삶는다. 삶은 배추는 쫑쫑 잘라
물기를 꼭 짠 다음 고춧가루와 액젓, 다진 파와 청양고추를 넣
고 조물조물 무친다. 소고기는 조선간장과 참기름, 마늘을 넣
고 양념한다. 냄비에 육수를 적당히 붓고 소고기와 우거지, 된
장 한 큰 술을 넣고 용솟음칠 때까지 팔팔 끓인다. 채 썬 양파
와 다진 대파, 마늘을 넣고 한소끔 더 끓인 후 불을 끈다.

매운 소고기 우거짓국은 매콤한 청양고추의 맛이 혀끝에 닿
으면 알싸하다. 한 입 두 입 먹을수록 매워서 코끝에 땀이 송골
송골 맺힌다. 하지만 매콤한 국물이 목구멍을 타고 넘어가면
후련할 정도로 속이 개운해진다. 톡 쏘는 매운맛은 기분을 상
쾌하게 해준다. 푹 익은 우거지는 매운 국물에 지친 혀를 부드
럽게 감싸주며 개운치 않은 마음까지 달래준다.

재료

소고기(국거리용) 200g, 우거지 3줌, 대파 2대, 양파 1개, 고춧가루 3 큰 술, 참기름 1 큰 술, 청양고추 3개, 조선간장 3 큰 술, 액젓 2 큰 술, 다진 마늘 2 큰 술, 후추 약간.

1. 소고기에 조선간장 3 큰 술, 참기름, 마늘, 후추를 넣고 조물조물 무쳐둔다.
2. 팔팔 끓는 물에 얼갈이배추를 5~8분 정도 삶아준 다음 찬물에 씻어서 먹기 좋은 크기로 숭덩숭덩 잘라서 물기를 짠다.
3. 삶은 배추에 양념한다.(고춧가루 3 큰 술, 액젓 2 큰 술, 파 다진 것, 청양고추 다진 것을 넣고 조물조물 무쳐준다)
4. 냄비에 육수를 부은 다음 밑간해 둔 소고기와 우거지를 넣고 끓이다 된장 1술을 넣고 간을 맞춘다.
5. 국이 끓어오르면 채 썬 양파, 대파, 마늘 다진 것을 넣고 한소끔 더 끓인다.

돌아온 사과 _____ 사과잼

　　　　　　내가 가장 좋아하는 과일은 사과다.
풋사과가 나오는 7월 중순 무렵부터 먹기 시작해서 이듬해 풋
사과가 나오기 직전까지 거의 매일 먹는다. 아오리, 홍로, 홍
옥, 황금, 감홍, 부사 등 모든 사과를 좋아하지만 그중에서도
후지라고 부르기도 하는 부사를 제일 좋아한다.

　부사는 서리가 내리기 직전에 따기 때문에 찬 바람이 불 때
먹어야 제맛이다. 크기는 사내의 주먹보다 약간 작은 것이 맛
있는데, 껍질은 거칠지만 육질이 단단해서 다부져 보인다. 모
양은 아리따운 여인의 엉덩이처럼 둥글고, 햇볕에 그을린 붉은

색은 고루 퍼져있어서 누구라도 가다가 뒤돌아볼 만큼 아리땁다. 부사는 한 입 베어 물면 사각거리는 소리가 경쾌한데 씹을 때 끝까지 아삭아삭 소리가 난다. 사과를 먹을 때 입안 가득 퍼지는 달콤한 과즙과 향긋한 냄새는 기분까지 좋게 해준다.

지난주에 사과가 내게로 돌아왔다. 사과가 돌아왔다고 하니 '사과가 언제 집을 나갔었나?'하고 생각할지 모르겠지만, 집 나간 사과가 돌아온 것이 아니라 선물했던 사과가 내게로 돌아왔다는 말이다.

여행 중에 맛있는 사과를 파는 과수원을 알게 되었다. 형제들에게도 사과 맛을 보여주고 싶어서 한 상자씩 보냈다. 남편의 형제가 다섯, 내 형제가 다섯이니 우리 부부를 빼고 여덟 상자의 사과를 남편의 이름으로 보냈다. 맛있는 사과를 형제들에게 보내고 나니 흐뭇한 마음이 들었다. 사과처럼 마음이 발그레해지는 것은 줌으로써 느낄 수 있는 행복감이었다.

이틀이 지나자 사과를 받은 형제들에게 잘 먹겠다며 카톡 창으로 사과 사진이 올라오기 시작했다. 동생은 사과가 달아서 마치 설탕물에 적신 것 같다는 표현을 했다. 시차를 두긴 했지만, 형제들 모두 잘 받았다고 연락이 왔는데 서울에 사는 언니한테 보낸 것이 문제가 되었다.

단독주택에 사는 언니는 시댁에 김장하러 가느라 대문을 잠그고 갔다고 했다. 다음 날 집에 돌아왔더니 택배기사가 담 너머로 사과 상자를 던졌는지 상자 모서리가 쪼그라들어 있더란다. 상자야 사과를 보호하는 장치에 불과하니 사과만 괜찮다면 무슨 상관있겠냐는 생각으로 사과 상자를 열었는데 여러 개의 사과가 심하게 멍들어 있더란다. 택배기사한테 전화했더니 미안하다고 하기는커녕 상처 난 사과를 보낸 사람이 잘못이지 왜 자기한테 뭐라고 하느냐며 오히려 큰소리를 치더란다.

언니는 이 일을 어떻게 처리하면 좋겠냐고 나한테 물었다. 난감한 상황이었으나 아무리 생각해도 과수원 잘못은 아닌 것 같다는 생각이 들었다. 이미 서울에 도착한 다른 사과 상자들이 멀쩡하게 잘 들어갔으니 말이다. 나는 과수원 잘못은 아니니까 택배회사와 통화해서 미안하다는 사과를 받고 처리해야 할 문제 같다고 했다. 언니는 택배 회사에 전화했고, 택배 회사는 사고처리를 하고 다시 주문해 주겠다며 사과 상자를 가져갔다고 했다. 이렇게 언니한테 보낸 사과가 헤맨 사건은 여기서 일단락되는 것 같았다.

그다음 날 근무하던 남편에게 전화가 왔다. 언니네 집에 사과 배달을 한 택배기사가 사과 상자를 살펴보니 두어 개 정도

밖에 멍들지 않았는데 받는 사람이 저리 생떼를 쓰니 이 사과를 어찌해야겠느냐며 연락했다고 한다. 남편이 머뭇거리자 사과를 다시 가져가면 안 되겠냐고 하더란다. 남편은 택배기사의 말을 듣고 그러라고 했단다. 나는 남편의 말을 듣고 화가 머리 끝까지 치밀어 올라 씩씩거렸다.

"아니 그 사람 왜 거짓말을 할까? 언니가 보내온 사진만 봐도 심하게 멍든 사과 개수가 10개가 넘던데 무슨 소리를 하는 거예요."

내 반응에 심각한 말투로 남편이 말했다.

"각시야. 나는 그냥 우리가 그 사과를 받고 다시 한 상자 주문해서 처형한테 보내고 싶어. 여기서 그냥 끝내자."

"무슨 소리야. 잘못은 누가 했는데 왜 우리가 그걸 책임져야 해? 안 돼!"

"후유. 생각해 봐. 택배기사들이 약자들인데 왜 그 사람들하고 다투려고 해."

"아니, 약자라니. 택배기사는 소비자들에게 안전하게 물건을 배달하는 것이 직업이고 그들의 의무잖아. 그러니까 약자이기 때문이 아니라 의무를 다하지 못한 책임을 묻자는 거지. 처음부터 미안하다고만 했어도 일이 이렇게까지 커지지 않았을

텐데 끝까지 미안하다고 하지 않으면서 거짓말까지 하니까 괘씸해서 그러는 거야."

물러서지 않는 나의 태도에 남편은 한숨을 쉬며 퇴근하고 집에 가서 다시 얘기하자며 전화를 끊었다. 전화를 끊고 한참이 지나도 마음이 진정되지 않았다. 책임을 전가하며 거짓말하는 택배기사를 용서할 수 없었고 무엇보다 그런 사람을 불쌍하게 여기며 옹호하는 남편의 마음을 도무지 이해할 수 없었다.

퇴근하고 돌아온 남편과 다시 사과 때문에 설전을 벌였다. 나는 도저히 이 사건은 그냥 넘어갈 수 없다고 했고 남편은 택배기사가 두어 개 정도만 상한 거라고 하던데 그냥 우리가 받아서 먹자고 강경한 태도를 보였다.

다음 날 늦은 오후에 문제의 사과 상자가 우리 집으로 돌아왔다. 남편과 나는 어디 보자며 내기하는 아이들처럼 상자를 개봉했다. 사과는 거의 다 멍들어 있었다. 어떤 것은 멍든 정도가 아니라 움푹 파이기까지 해서 기가 막힐 정도였다.

나는 심하게 멍든 사과 열 개를 꺼냈다. 손이 부들부들 떨렸다. '이 정도로 상했는데 두 개 밖에 상한 것이 아니라고? 이 사람 가만 놔두지 않겠어'라고 중얼거리며 사과를 깎았다. 남편도 상한 사과를 직접 보더니 내심 놀라는 눈치였다.

깎아놓고 보니 사과를 깎아놓은 것인지 더위에 지쳐 농익어 뭉개져 버린 복숭아를 깎아놓은 것인지 분간하기 힘들었다. 상한 사과를 쟁반 가득 담아두고 사진을 찍었다. 그리고 택배 기사에게 사진을 전송하며 문자를 보냈다.

"기사님 사과받았습니다. 문제를 크게 다루지 않고 조용히 처리하겠으나 훼손 상태가 아주 심하군요. 상한 것을 다 깎을 수 없어서 일부만 사진 찍어 보냅니다. 과일을 운송할 때는 신경 쓰셔야 소비자가 손해 보는 일이 없겠습니다. 누구의 돈이든 다 귀한 것이 아닙니까. 속상한 마음 여기서 접겠으나 이런 사정은 기사님도 알아야 할 것 같군요."

택배기사는 밤늦게까지 꿀 먹은 벙어리가 되었다. 다음 날도 그다음 날도 아무런 답신이 없었다. 죄송하다는 말을 기대한 것은 아니었으나 미안하다는 답신이라도 왔다면 얼마나 좋았을까.

사과 한 상자를 다시 주문해서 언니에게 보냈다. 이틀 후에 문제의 택배기사가 언니네 집에 아무 말 없이 사과를 배달했다는 말을 들었다. 이 정도에서 사과 사건을 마무리하면서 잘잘못을 끝까지 따지고 싶은 마음도 있었으나 남편이 하자는 데로 완곡하게 일을 처리하고 나니 마음이 서서히 진정되었다.

심하게 멍들어 그냥은 먹을 수 없게 된 사과를 어찌할까, 고민하다가 잼을 만들기 위해 깎았다. 한 상자 중에 성한 사과는 10개도 되지 않았다. 껍질 벗겨 자른 사과를 믹서기에 넣고 갈았다. 냄비에 담고 끓이니 사과잼이 활화산처럼 들썩이며 끓었다. 택배기사 때문에 화가 나서 펄쩍펄쩍 뛰던 내 모습 같아 보였다. 사과잼이 되직해질 때까지 졸이다가 설탕 약간과 시나몬 가루를 넣고 휘휘 저은 다음 불을 껐다. 갈색으로 변한 촉촉한 사과잼이 언제 들썩였냐는 듯 냄비 안에서 다소곳하게 앉아 있었다. 내 마음도 차분하게 가라앉았다.

재료

사과 10알, 설탕 2큰술, 시나몬 가루 2작은술.

1. 사과는 껍질을 벗겨 믹서에 갈아준다.

2. 간 사과를 냄비에 넣고 센 불에서 10분 정도 끓이다가 과즙이
졸아들 때까지 약한 불에서 저어가며 뭉근하게 끓인다.

3. 설탕 2큰술과 시나몬 가루를 넣고 저어주다 불을 끈다

4. 완성된 사과잼은 뜨거울 때 소독해 둔 유리병에 담아 냉장고에
보관한다.

잃어버린 시계, 잃어버린 양심 —————————— 어묵탕

　　　　　　　　　　　사범대 학생들을 대상으로 강의하던 가을학기 때의 일이다. 미래의 교사가 될 그들은 어떤 학생들보다 수업 태도가 좋았고 매시간 열의도 넘쳤다. 억지로 수업에 참여하는 듯한 학생들이 많은 학기에는 한 학기가 어서 마쳐졌으면 좋겠다는 생각이 들곤 했지만 사범대생들과의 수업은 가르치는 맛이 나서 수업하러 들어갈 때마다 신이 났다.

　그날도 사범대생들의 반짝이는 눈빛에 힘입어 열의를 다해 강의했다. 수업이 끝날 즈음 한 남학생의 질문에 답변하다 보니 쉬는 시간이 끝나가고 있었다. 부리나케 교탁 위에 놓인 교재와 출석부를 집어 들고 강의실을 빠져나왔다. 계단을 내려와 주차장에 도착해서 자동차 문을 열다가 교탁 위에 시계를 놓고 왔다는 생각이 났다. 잰걸음으로 다다다 소리를 내며 계단을 타고 올라가 2층에 있는 강의실에 들어섰다. 강의실에는 여학생 두 명이 다음 시간 수업이 없었는지 어슬렁거리며 책과 노트를 챙겨 가방에 넣고 있었다.

나는 교탁 위에 손목시계를 벗어 두고 수업하는 버릇이 있었다. 몇 년 뒤에 강의실마다 전자시스템으로 리모델링이 되면서 강의실 뒤편에 커다란 전자시계가 붙었지만, 그때만 해도 손목시계를 들여다보며 수업을 진행했다. 강의 시간에 시계를 자주 들여다보는 게 신경 쓰였던 나는 수업 시작 전에 교탁 위에 시계를 벗어 두고 가끔 내려다보며 수업 시간을 조절하곤 했다.

헐레벌떡 강의실 문을 열고 교탁을 향해 뛰어갔다. 교탁 위에 있어야 할 시계가 보이지 않았다. '아니 이럴 리가 없는데', '혹시 내가 교탁 밑에 넣었나?' 고개를 숙여 두리번거렸으나 교탁 밑에도 시계는 없었다.

나는 뒷문으로 막 빠져나가고 있는 여학생에게 "학생! 혹시 여기 교탁 위에 놓여있던 시계 못 봤나?" 했더니 여학생은 작은 목소리로 "아니요."라고 대답했다. "아니, 수업할 때 여기에 분명히 시계를 벗어 놓았는데 정말 못 봤나?"라며 다그치니 여학생은 고개를 힘없이 가로 저으며 정말 모른다는 표정을 지었다.

순간 어안이 벙벙해졌다. 아니, 강의실을 나갔다 온 지 채 5분이 지나지 않았는데 그 짧은 사이에 시계가 없어지다니. 이건 말도 안 된다는 생각이 들었다. 시계가 금방이라도 어디에서 튀어나올 것만 같았다.

터덜터덜 계단을 타고 내려오면서 '아니야. 누군가 주워서 과사무실이나 경비실에 맡겨 두었을 거야. 그랬을 거야'라며 과 사무실에 들렀고 경비 아저씨에게도 물어보았다. 하지만 신고로 들어온 시계는 없다고 했다. 집으로 돌아오는 내내 시계가 눈앞에 아른거렸다.

저녁을 먹으며 그이에게 말했다. 지난번 결혼기념일에 받은 시계를 강의실에서 잃어버렸다고. 그이는 식탁 위에 수저를 놓더니 벌떡 일어났다. 윗옷을 주섬주섬 걸치더니 지금 당장 학교에 가보자고 했다. 쓸데없는 일이라고 생각하면서도 그 사이 누군가가 시계를 제자리에 가져다 놓았을지도 모른다는 실낱같은 기대를 하며 그이를 따라나섰다.

경비 아저씨에게 자초지종을 이야기한 후, 컴컴한 강의실에 불을 켜고 교탁 앞으로 다가갔다. 속으로 제발 시계가 교탁 위에 놓여 있었으면 좋겠다고 기대했지만 시계는 없었다. 그이는 경비 아저씨에게 혹시 낮에 신고되어 들어온 시계가 없었느냐 재차 물었고, 206호 강의실을 청소했던 아줌마에게 전화를 걸어 교탁 위에서 시계를 보지 못했는지 물어봐 달라고 했다. 짬짬해 하던 아저씨가 어디론가 전화를 걸었고 그쪽에선 모른다고 대답하는 모양이었다.

나는 시계를 잃어버린 지 10시간이 지났고 그이는 아내의 시계를 잃어버린 지 2시간이 지났다. 시무룩한 표정을 짓던 나에게 그이가 말했다. "각시야! 몸 안 잃어버리고 물건 잃어버렸으니 너무 아쉬워하지 마. 내가 돈 벌어서 다시 사줄 테니 조금만 기다려!"

그이와 나는 잃어버린 시계가 주는 아쉬움을 달래며 발걸음을 돌렸다. 저녁을 먹는 둥 마는 둥 했기에 배가 고파서 집에 들어가기 전에 포장마차에 들렀다. 포장마차 아저씨가 일을 마치려는지 주섬주섬 그릇들을 정리하고 있다가 남은 건 어묵 꼬치 몇 개뿐이라고 했다. 하루 종일 끓인 듯한 어묵 국물은 짭조름했다. 어묵은 내 마음처럼 국물에 담겨 퉁퉁 불어있었다. 그이와 나는 넋 나간 표정으로 어묵을 오물오물 먹었다. 포장마차 아저씨가 사연이 있는 사람들인가보다는 표정으로 나와 그이를 번갈아 가며 쳐다봤다. 우리는 아저씨의 눈길에는 신경 쓰지 않았다. 그저 잃어버린 시계 때문에 퉁퉁 불어있는 마음을 달래느라 짭조름한 어묵 국물을 후후 불어가며 마셨다.

결혼 20주년이 되던 해에 어머님께서 막내며느리에게 결혼할 때 해준 것이 변변치 않아 내내 마음이 쓰이셨다며 나 몰래 그이에게 봉투를 주셨다고 한다. 그이는 그 돈으로 18K로 된 금시계를 선물했다. 10돈이 넘는다고 했다. 그런 금시계를 딱 열흘밖에 차지 못했는데 잃어버리고 만 것이다.

그때 금시계를 누가 가져갔을까? 지금도 궁금하다. 수강생이었던 학생이 가져갔다면 그 학생은 교사가 되었을까? 교사가 되었다면 제자들에게 어떤 가르침을 하고 있을까? 수강생이 아니라 청소하던 아줌마가 가져갔을까? 그랬다면 금시계를 손목에 차고 다녔을까? 아니면 팔았을까? 자녀가 있는 사람이었다면 자녀에게 남의 물건에 대해서 어떤 가르침을 했을까? 나는 그때 금시계를 잃어버렸지만 금시계를 가져간 그는 양심을 잃어버렸으니 나보다 더 큰 것을 잃어버린 사람이었다.

주말이 되면 가끔 집에서 어묵탕을 끓인다. 금시계를 잃어버리고 아쉬운 마음을 달랠 때 먹었던 어묵탕을. 어묵탕의 주재료인 어묵은 단골 가게에 들러 생선 살 함량이 높은 탱글탱글한 어묵을 산다. 무, 양파, 대파, 멸치를 넣고 국물이 설설 끓어오르면, 어묵을 대나무 꼬치에 꽂아 국물에 넣고 함께 끓인다. 삶은 달걀도 까서 넣고 국물에 청양고추도 두어 개 송송 썰어 넣으면 알싸한 맛의 어묵 국물에서 개운한 맛이 난다. 어묵탕은 그때도 지금도 나에겐 위로의 음식이다. 요즘은 위로받을 일이 많지 않다 해도 어묵탕을 먹으면 왠지 모르게 마음이 따뜻해진다.

주먹구구식 요리법

재료

어묵 10개, 무 1/2개, 양파 1개, 대파 1대, 삶은 달걀 4알, 청양고추 2개, 물 2ℓ

1. 큰 냄비에 무는 10센티로 토막을 내고 양파는 반으로 가른 다음 대파, 청양고추, 물 2ℓ를 넣고 육수를 낸다.
2. 어묵은 꼬지에 끼워놓는다.(꼬지 없으면 안 끼워도 됨)
2. 육수가 진하게 우러나면 건더기를 건져내고 어묵과 껍질 깐 삶은 달걀을 넣고 어묵이 부드럽게 퍼질 때까지 끓인다.

너와 시작된 하루하루는 _____ 북엇국

　　까슬까슬한 북어채를 오목한 그릇에 담고 찬물을 부었다. 시간이 지나면서 대여섯 번 물을 갈아주며 북어채에서 소금기를 완전히 뺐다. 부드러워진 북어채를 손으로 만져가며 잔가시를 발라낸 뒤 냄비에 넣고 물을 부은 다음 바글바글 끓여내니 북엇국이 되었다. '이렇게 슴슴한 북엇국을 무슨 맛으로 먹을까?'라며 이상히 여기는 사람이 있겠지만 이번에 끓인 북엇국은 사람이 먹는 북엇국이 아니라 강아지가 먹는 북엇국이다.

　　우리 집에는 커다란 진주가 있다. 조개의 눈물이라 불리는 하얀 진주가 아니라 강아지 진주. 하얀 털이 부얼거리는 주먹만 한 강아지를 집으로 데리고 오던 날, 중학교 3학년이던 딸내미는 좋아서 어찌할 줄 몰라 했다. 그렇게도 기르고 싶어 하던 강아지가 생겼으니 강아지 이름은 딸에게 지어보라 맡겼다. 한참을 고민하던 딸내미는 강아지 털이 엄마의 진주 반지처럼 하얗다며 진주라 이름 붙였다.

진주는 함께 근무하던 선생이 기르던 강아지가 난 새끼였는데 한 달 만에 서울로 입양되었다가 5개월이 지난 후에 우리 집으로 왔다. 강아지를 분양받아 갔던 사람이 감당할 수 없을 것 같다며 다시 돌려보냈다는 것이다. 그 선생은 서울에서 돌아온 강아지를 입양 보내기 위해서 이리저리 수소문했지만 마땅한 사람이 없자 나한테 키울 사람이 나타날 때까지만 맡아줄 수 없겠느냐고 부탁했다. 강아지를 맡고 싶은 생각은 없었으나 선생의 간절한 눈빛을 거절할 수 없었고, 딸내미가 강아지를 키우자고 오래전부터 조르고 있던 터라 체험 차원에서 잠시 맡아주겠다고 했다.

아예 맡아서 기를 목적은 아니었지만, 강아지를 맞이하기 위해 딸내미와 함께 애견센터에 가서 이것저것 준비했다. 강아지 방석, 귀 청소하는 소독액, 발톱 깎기, 사료, 간식, 목줄, 배변 패드 등등. 강아지가 집에 오던 날, 꼬물꼬물 귀여움에 시간 가는 줄 모르고 따라다니다가 어느새 밤이 되었다. 그때만 해도 나는 강아지는 절대로 방 안으로 들어오게 하면 안 된다고 생각했었기 때문에(시골에서 강아지는 마루 밑에서 기거했지 방에 들여놓는 것을 보지 못했으므로) 넓은 거실에 펜스를 치고 강아지를 재웠다.

딸은 딸 방에서 우리 부부는 안방에서 강아지는 거실에서 자리를 잡고 잠이 들었는데 새벽 두 시쯤 되었을까? 거실에서 "오우" 하는 소리가 가늘고 길게 났다. 깜짝 놀라 뛰쳐나와 불을 켰더니 강아지가 여우처럼 고개를 하늘로 쳐들고 이상한 소리를 내며 울고 있었다. 나는 강아지에게 "아니 이 새벽에 왜 여우 소리를 내는 거야."라고 작은 소리로 혼내며 타일렀다. 강아지는 내가 타이르는 소리에 다시 자다가 새벽 4시쯤에 한 번 더 여우처럼 소리를 내며 울었다.

강아지가 분리 불안이 생겼을 때 외로워서 여우 소리를 낸다는 이야기를 나중에 들었다. 태어난 지 한 달 만에 어미를 떠나야 했던 강아지는 5개월 후에 다시 주인과 떨어져 우리 집으로 오게 되었으니 어찌 불안하지 않았을까. 그때 강아지의 입장은 헤아릴 줄 모르고 왜 이상한 소리를 내느냐며 혼냈던 것을 생각하면 지금도 미안한 마음이 든다.

진주는 서서히 우리 집의 꽃이 되어 갔다. 내가 세미나다 연수다 집을 비울 때도 강아지는 딸의 친구가 되어주었고, 내가 일 때문에 바빠서 집에 늦게 들어가는 날에도 강아지와 노느라 밖에 있는 나에게 빨리 오라고 조르지 않았다. 시어머니와 친정엄마가 집에 오셨을 때도 강아지가 가장 반갑게 맞이해 주었으니 어머님과 엄마에게도 기쁨을 주었다. 강아지를 좋아하는 조카들 또한 지금까지도 진주의 안부를 물어올 정도이니 진주의 인기는 그야말로 하늘을 찔렀다.

때때로 딸내미는 강아지를 부러워했다. 고등학생이 되어 시험 때문에 스트레스를 받는 날이면 "진주야, 너는 무슨 걱정이 있니. 시험도 안 보고 성적 걱정도 없으니 네 팔자가 정말 상팔자야."라고 중얼거리면서 등교했다. 남편 역시 "진주야, 너는 똥오줌만 잘 싸도 엄마한테 잘했다고 칭찬받으니 진짜 좋겠다. 나도 다음 생엔 너 같은 강아지로 태어나고 싶다."라고 하면서 웃어대기도 했다.

며느리가 집으로 처음 인사 오던 날, 어색했던 분위기를 강아지가 와르르 무너뜨려 주었다. 그 뒤로 며느리는 집에 올 때마다 강아지 간식까지 챙겨온다. 사위 또한 강아지를 어찌나 예뻐하는지, 사위가 집에 오는 날 진주는 거실을 토끼처럼 깡

충깡충 뛰어다니며 표정까지 환하게 밝아지곤 한다. 새로 들어온 식구들에게까지 듬뿍 사랑을 받는 진주는 우리 가족 모두의 사랑꾼이 되어 버렸다.

이런 우리 집 강아지가 이제는 노령견이 되었다. 사람 나이로 계산하자면 102살 정도 된다는데(강아지 계산법에 따르면) 나이가 들다 보니 귀가 잘 안 들리고 다리에 힘이 없어 비틀거린다. 살짝 치매가 온 건지 잘 가리던 소변도 여기저기 실수를 자주해서 집안에 지뢰밭을 만들기도 한다. 짧은 거리를 산책하고 돌아와선 한바탕 운동경기를 하고 지친 선수처럼 늘어져서 한참씩 잠을 잔다.

남편은 강아지의 요즘 상태를 보며 진주가 떠나고 나면 앞으로 절대 애완동물은 키우지 말자고 한다. 건강하게 지낼 땐 괜찮지만 동물이라고 해도 이렇게 약해지는 것을 지켜보는 것이 너무 안타까운 일이라며. 떠나지도 않았는데 떠난 후를 생각하는 것이 강아지에겐 미안한 일이지만 나도 역시 남편의 말에 수긍이 간다.

반려동물을 키우는 사람들이 요즘도 점점 더 늘어나고 있다고 한다. 작년에 반려동물 인구수가 1,500만을 넘었다는 뉴스를 접했으니 우리나라 인구의 30% 가까운 사람들이 반려동물을 기르고 있는 셈이다. 나는 비록 어쩔 수 없는 상황에서 잠시 맡았던 강아지와 이렇게 오래 지내고 있지만, 다음에 또 이런 상황이 발생하거나 강아지를 입양하게 된다면 좀 더 신중하게 생각하고 결정할 것 같다.

이가 많이 빠져버려 딱딱한 것을 잘 먹지 못하는 진주에게 가끔 북엇국을 끓여준다. 그럴 때마다 남편과 나도 북엇국을 먹는다. 물론 간을 전혀 하지 않고 끓이는 강아지가 먹는 북엇국과 우리가 먹는 북엇국의 맛은 완전히 다르지만 말이다.

재료

마른 황태 70g, 들기름 1/2큰술, 콩나물 200g, 두부 1모,
대파 1/2, 달걀 2알, 코인 육수 3알, 다진 마늘 1큰술, 액젓,
후추 약간

1. 냄비에 들기름을 넣고 황태 불린 것을 볶아주다 코인 육수와 콩
나물을 넣고 물을 자작하게 붓고 끓인다.
2. 국이 끓어오르면 풀어둔 달걀을 살살 부어준 다음 두부를 잘게
썰어 넣는다.
3. 액젓으로 간을 맞추고 마늘, 후추, 다진 대파를 넣고 한소끔 끓
이다 불을 끈다.

3장

다정한 맛

지혜일까 이기심일까 ＿＿＿＿＿＿＿＿＿ 톳밥

시장은 톡 쏘는 사이다 맛이 난다. 때때로 들를 때마다 청량음료처럼 삶을 강렬하게 자극한다. 시끌벅적 산만한 분위기, 투가리(뚝배기) 깨지는 소리 마냥 투박한 말투의 대화들, 말괄량이 삐삐의 머리처럼 여기저기 헝클어져 있는 물건들 때문에 역동적이다.

요즘 마트보다 시장에 가는 일이 잦아졌다. 시장 구경하기 좋아하는 남편을 따라 벼룩시장에 다녀온 뒤로 시장의 맛을 알았기 때문이다. 하지만 시장의 산만함은 물건이 어디에 있는지 쉬이 가늠할 수 없어서 필요한 물건을 사려면 한참 돌아다녀야 한다. 불편한 점이 있음에도 시장에 자주 가는 이유는 같은 값에 많은 양을 살 수 있기 때문이고 흥정하는 재미와 덤으로 얻어오는 소소한 즐거움 때문이기도 하다.

봄이 농익어 가는 5월의 어느 토요일 새벽, 태양도 여유를 부리며 천천히 떠오르던 시간에 남편이 벼룩시장에 나가보자고 잠자는 나를 깨웠다. 늦잠 자고 싶은 마음에 죽은 듯이 가만히 있었다. 반응을 안하면 포기할 줄 알았는데 또 흔들어 깨웠다. 더 이상 누워있기는 틀렸다는 생각에 눈에 붙은 잠을 털어내며 느릿한 굼벵이처럼 움직였다. 부스스한 머리를 질끈 묶고 세수도 안 한 채 그이를 따라나섰다.

먼동이 트기 시작하면서 동쪽 하늘이 환하게 밝아오고 있었다. 남편과 나는 헐렁한 셔츠와 고무줄 바지를 입고 알록달록한 파라솔이 즐비하게 늘어선 벼룩시장 안으로 들어섰다. 한낮엔 시민들이 산책로로 이용하는 천변의 산책길에는 얇은 비닐 조각이 자유 분망한 계집애의 치맛자락처럼 삐뚤빼뚤 펼쳐있었다.

비닐 위로 한 묶음씩 내동댕이쳐진 불그죽죽한 당근, 푸르스름한 배추 다발과 열무 묶음에서는 밭에서 막 캐온 듯한 흙냄새가 났다. 강아지처럼 콧구멍을 벌름거리게 하는 새벽의 신선한 공기, 새벽 공기와 어우러진 흙냄새는 달콤한 장미 향에 비할 수 없는 자연의 향수였다. 맞은편 쪽으로 늘어선 생선 코너에서는 생선 비린내와 쿰쿰한 건어물 냄새가 전주천의 물비린내와 어깨동무를 한 채 종알대는 것 같았다.

배추가 수북이 쌓인 곳을 지나 미끈하게 뻗은 무 다발 옆을 지나는데 코가 땅에 닿을 만큼 등이 구부러진 할머니가 시장 바닥에 자리를 잡고 앉아 있었다. 할머니는 오래 입어서 그런지 원래의 색이 그런지 모를 연보라색 스웨터를 입고 있었다. 머리는 하얗게 셌는데 쪽을 지어 뒤로 묶었고 구릿빛으로 주름진 얼굴과 손은 잘 마른 곶감처럼 쭈글거렸다.

검정색 대야 위로 뻗은 할머니의 소매 단은 때가 묻어 거뭇하면서도 번들거렸다. 대야 속에 넣고 무언가를 만지작거리고 있는 손가락은 마디가 굵고 휘어져 있었다. 손톱 밑으론 시커먼 때가 끼어서 일부러 검정색 매니큐어를 손톱 끝에 발라놓은 것 같았다. 할머니의 손을 보며 '어이구 저런 손으로 어찌 밥을 드실까' 하는 생각이 들었다. 대야 옆으론 깔고 앉았는지 궁둥이가 닿았는지 하얀 비닐에 덮인 물건이 할머니와 연결되어 있었다.

과연 할머니는 '이 새벽에 왜 나온 것일까?' '집에서 편히 놀고 지내도 힘들 것 같아 보이는데 대체 연세가 어찌 되기에 저리 허리가 굽었을까?' 안쓰러운 마음으로 "할머니! 이게 뭐예요?"하고 물었더니 대답을 안 하신다. 귀조차 들리지 않나 보다 싶어서 재차 큰 소리로 물었더니 나를 올려다보며 쌩긋 웃던 할머니는

"이거 오천 원이야. 마지막 떨이니까 가져가!"라고 하시는 것이 아닌가.

할머니 앞에 놓인 물건의 색깔은 거무튀튀하고 모양은 수많은 작은 벌레들이 한 줄기에 다닥다닥 붙어 있는 것처럼 보였다. '대체 이것이 뭘까?' 하는 궁금증이 가시질 않아 큰 소리로 다시 물었다. "할머니! 이게 대체 뭐예요?" 그제야 질문의 내용이 무엇인지 파악한 할머니는 "이게 톳이여. 톳!"이라며 벌어진 앞니 사이로 바람 빠지는 소리를 냈다.

나는 남편을 향해 톳을 사자고 눈짓했다. 언젠가 아랫집에서 톳 전을 얻어먹고 맛있었던 생각이 났기 때문이다. 그런데 검정 대야에 담긴 톳의 양이 내 눈대중으로 야박해 보여서 아쉬운 마음이 들었으나 마지막으로 떨이하는 것이라고 하니 우수를 얹어달랄 수도 없고 돈을 더 내고 양을 늘려 구입할 수도 없는 노릇이었다.

어쩌겠는가. 그저 세월에 낡아버린 할머니의 모습에 애잔한 마음이 들어 굳이 사지 않아도 될 물건을 사는 것이므로, 그릇에 담긴 톳을 싹싹 긁어서 봉지에 담아주는 할머니의 손에 오

천 원을 건넸다. "할머니! 이제 다 팔렸으니 댁에 들어가셔도 되겠네요."라는 말과 함께. 할머니는 겸연쩍게 웃으며 고개를 끄덕거렸다.

주차장으로 가기 위해 폭 좁은 다리를 건너다가 문득 톳 팔던 할머니가 자리에서 일어섰는지 궁금한 마음이 들었다. 뒤를 돌아보니 나한테 떨이를 했으니 자리를 털고 일어났어야 할 할머니는 그 자리에 조금 전처럼 구부정하니 앉아 있었다. 찬찬히 쳐다보니 자신의 엉덩이 옆에 붙어 있던 비닐을 슬그머니 들추더니 톳을 양손으로 집어 검정 대야에 담았다. 그러고 나서는 다른 사람 눈에 띄지 않도록 비닐을 토닥거리며 다시 덮어두는 것이 아닌가. 내가 바라보고 있는 줄도 모르고.

아무래도 톳의 양이 너무 적어서 '오천 원어치를 더 살까?' 하다가 나를 보고 염치없어할 할머니를 생각하며 그만두었다. 남편에게 할머니의 행동을 말하다가 피식 웃음이 나왔다. 그저 순박하게만 보이던 할머니의 속임수에 내가 말려들었구나 하는 생각이 들었기 때문에. 약간 어이없어하는 나를 보며 남편이 "이런 것이 할머니가 살아오면서 터득한 장사법인가 보네"라고 말했다.

순간 자꾸 더 달라고 떼쓰는 사람들에게 당하지 않는 장사법, 내가 팔아야 할 물건에 어느 정도의 이익을 내고야 말겠다는 할머니의 장사 수단은 세상을 살아가는 지혜라는 생각이 들었다. 그러면서도 이기심이 자아낸 귀여운 속임수라는 생각도 들었다. 지혜일까 이기심일까 저울질을 하면서 이런 귀여운 속임수라면 앞으로도 한번 아니라 두 번, 세 번쯤은 더 속아줄 수 있을 것 같았다.

새벽 시장에서 산 톳을 넣고 밥을 지었다. 검정 비닐봉지에서 꺼낸 톳을 맑은 물에 씻으니 눈으로 볼 때는 미끄덩거릴 것 같았는데 뽀드득뽀드득 흰 눈 밟을 때 나는 소리가 났다. 기다란 줄기에 진한 갈색으로 옹기종기 붙어 있는 톳을 일일이 손으로 뜯어내니 송사리 새끼들이 개수대에서 마구 헤엄치는 것 같았다. 물기를 쪽 뺀 톳을 끓는 물에 데치니 푸릇하게 변했다. 불려 놓은 쌀과 톳을 1:1로 넣고 밥을 지었다. 밥솥 안에서 톳은 다시 짙은 갈색으로 변했다. 하얀 쌀밥과 거무튀튀한 톳이 어우러진 톳밥을 양념장에 쓱쓱 비벼 한 수저 크게 떠서 입에 넣었다. 톳밥에서 바다 향이 났다. 바다향 뒤로 등 굽은 애잔한 할머니의 모습이 보이는 것 같았다.

재료

쌀 2컵, 톳 두 컵, 전복(대) 2개, 들기름, 멸치 다시마 육수 2컵 반, 들기름 1큰술

1. 쌀은 미리 불려두고 톳은 소금을 넣고 씻은 다음 끓는 물에 살짝 데쳐준다.
2. 데친 톳은 줄기를 제거해 주고 전복은 손질해서 얇게 잘라준다.
3. 밥 지을 냄비에 들기름을 두르고 전복을 볶다가 불린 쌀이 투명해질 때까지 볶은 다음 톳을 넣는다.
4. 육수를 자작하게 부어주고 센 불에서 밥물이 끓어오르면 약 불에서 10분 정도 지나서 불을 끄고 5분 정도 뜸을 들인다. 완성된 톳밥은 김을 싸서 달래장에 찍어 먹으면 맛이 일품이다.

몸에 좋다고 하였으나 추어탕

출산 예정일이 가까우니 배가 동네 앞산만 해졌고 얼굴은 미어터질 것처럼 빵빵해졌다. 불룩 튀어나온 배를 지탱하느라 허리에 묵지근한 통증이 있었고 몸을 앞으로 숙이는 것조차 힘이 들었다. 반듯이 누워도 모로 누워도 볼록 나온 배가 자꾸 한쪽으로 쏠렸다. 서 있자니 무릎이 아프고 앉아 있자니 배가 눌려서 불편하기 짝이 없었다. 첫 아이 출산일 한 주 전의 일이다.

1990년 8월 10일 금요일, 날씨가 어찌나 더운지 땀을 삐질삐질 흘리며 몸을 벽에 기대고 비스듬하게 누워있었다. 오후 5시가 다 되어 가는데 초인종이 울렸다. 그이가 퇴근할 시간이아니라 누굴까 궁금한 마음으로 문을 여니 남편 친구였다. 귀한 것이 생겨서 주려 왔다고 했다. 내미는 것을 받을 생각도 안 하고 머뭇거리는 나에게 "제수씨! 승호 직장으로 가져다주기 뭐해서 집으로 가져왔어요. 이거 끓여 먹으면 힘이 나서 해산할 때 아주 좋을 거예요."라며 검정 봉지를 내 앞으로 바짝 내밀었다. 궁금한 마음으로 그것을 건네받는 순간 바스락거리는 소리와 함께 꿈틀거리는 움직임이 팔을 타고 온몸으로 전달되었다.

남편 친구는 직원들과 함께 물놀이를 갔다가 뜻밖에 미꾸라지를 잡았는데 문득 해산을 앞둔 내가 생각났다고 했다. 그래서 잡은 것을 몽땅 들고 한달음에 달려왔다는 것이다. 봉지 속에 든 것의 움직임이 점점 생생하게 느껴지자, 온몸이 얼음처럼 굳어갔다. 하지만 싫은 표정을 지을 수 없었다. 임신한 친구의 아내를 위해 한 시간을 넘게 차로 달려왔다고 하니 그 정성스러운 마음을 어떻게 외면할 수 있었겠는가? 하지만 손을 타고 팔로 전해지는 수상한 움직임 때문에 등골이 오싹거렸다.

"제수씨! 정성껏 잘 끓여 먹고 순산하세요."

그는 징그러움에 파르르 몸을 떠는 나는 아랑곳하지 않았다. 그저 정성을 다했다는 자기만족의 뿌듯한 미소를 지으며 부리나케 계단을 내려갔다. 미꾸라지와 독대하는 혼자만의 시간이 되었다. 남편 친구에게 고마웠던 마음이 순식간에 사라졌다.

'아 이렇게 징그럽게 생긴 생명체를 임신부에게 가져다주다니.'

'태교를 위해선 예쁜 것만 보고 고운 소리만 들어야 하는데.'

심란함과 염려도 잠시, 코앞의 현실을 피할 수 없었다. 지금까지 미꾸라지는 단 한 번도 만져본 적이 없는데 이놈의 것을 어찌 다루어야 할지 난감했다. 일단 정신을 가다듬고 검정 봉지를 부엌으로 향하는 문고리에 조심스럽게 걸었다. 움직임을 느낀 그것들이 사정없이 꿈틀거렸다. 검정 봉지가 올록볼록해지더니 그네를 타듯 신나게 움직였다. 대체 이 노릇을 어찌할지 생각하다가 시어머님께 전화를 걸었다. 친정엄마한테는 추어탕을 얻어먹은 적이 없으니 물어볼 수 없었지만 추어탕을 잘 끓이시는 시어머님은 해결책을 알려주실 것 같았다.

"어머니! 미꾸라지가 생겼는데 이걸 어떻게 해야 할까요?"

다급한 마음에 인사하는 것도 잊고 불쑥 질문부터 했다.

"그려? 도시에선 그걸 어떻게 헌다냐. 여기선 호박잎 따서 쓱쓱 문지르면 되는디."

"호박잎으로 문질러야 한다고요?"

"하모. 호박잎으로 문질러얀디 도시에선 호박잎을 어디서 구한다냐."

"시장에서 사 오면 되지 않을까요?"

"언제 시장에 나갔다 올래. 몸도 무겁담서나. 그냥 봉다리 속에다가 소금을 한 주먹 좌~악 뿌려두면 미꾸라지들이 알아서 죽을 거셔. 죽으면 깨끗이 씻어가꼬 끓인 다음에 믹서에 갈아. 그 담에 시래기 넣고 된장도 조까 넣고 들깨 갈은 물에다간 맞촤감서 끓여 봐."

거침없는 물줄기처럼 어머니의 추어탕 끓이는 방법이 전화기를 타고 전해졌다. 어머님의 설명을 세 줄로 요약해 보았다. 첫째, 봉지 속에다 소금을 넣으면 미꾸라지가 죽는다. 둘째, 죽은 미꾸라지를 씻어서 끓인 다음 믹서기에 간다. 셋째, 미꾸라지 간 것과 시래기를 넣고 된장과 들깨 간 물을 넣고 끓이면 추어탕이 완성된다.

어머니의 설명을 듣고 나니 추어탕 끓이는 것이 쉽게 느껴졌다. 자신감이 생겼다. 하지만 꾸물거리는 움직임 앞에서만은 도저히 평정심을 유지할 수 없었다. 두 눈을 질끈 감고 문고리에 걸어둔 봉지 속에 왕소금을 한 주먹 넣었다. 순간

"에구머니나! 엄마야 날 살려라!"

나는 모든 것을 내팽개치고 식탁 의자 위로 냉큼 올라가서 발을 동동 굴렀다. 무거운 몸을 어떻게 그렇게 재빠르게 움직일 수 있었는지 모를 일이었다. 몸에 있는 털이 모두 꼿꼿이 섰다.

소금을 넣은 지 1초도 지나지 않아 봉지 속에서 미꾸라지들이 팔딱거렸다. 마치 전쟁터에서 육탄전을 벌이며 군인들이 싸우는 것 같았다. 잠시 후 벌어진 비닐봉지 입구로 거무튀튀한 것들이 힘차게 뛰쳐나와 방바닥에 내동댕이쳐졌다. 미꾸라지들은 방바닥에 닿자마자 하늘로 솟았다가 땅으로 재빠르게 내려앉았다. 이내 다시 올라갔다 또 내려왔다. S자로 꼬부라졌다가 반대로 다시 꼬부라지면서 발광했다. 몸에 묻은 하얀 소금을 털어내느라 검은 몸을 이리저리 내던졌다. 여기저기 흩어진 미꾸라지들은 장외 경기를 하며 반칙을 일삼는 레슬링 선수처럼 책상을 엎고 의자를 부수며 서로 두들겨 패는 것 같았다. 붙었다 떨어섰다 뒤엉키며 오두방정을 떨었다. 미꾸라지들이 팔딱거리며 바닥을 치는 소리는 작은 북을 빠르게 두드리는 것 같았다. 어머님께서는 미꾸라지 다루는 방법을 그렇게 쉽게 말씀하셨는데 행간에 숨어 있는 과정이 이렇게 난장판을 만들어버리다니. 어쨌든 이 상황을 수습해야겠는데 징그럽기도 하고 무섭기까지 해서 정신이 아찔했다. 시간이 지날수록 미꾸라지의 움직임은 조금씩 둔해졌다. 그러다가 내가 고개를 빼 밀고 쳐다보기라도 할라치면 또다시 서너 마리가 팔딱거리며 튀어 올랐다. 대여섯 마리는 축 늘어져 일자로 뻗은 것도 있었다. 미꾸라지의 팔딱거림에 어찌나 놀랐는지 배가 똘똘 뭉치더니 단단해졌다. 뱃속에 아기도 미꾸라지 때문에 놀란 모양이었다.

에라. 모르겠다. 그냥 이대로 놔두고 그이 올 때까지 기다리자. 그이는 씩씩한 남자니까 어떻게든 해결하겠지. 의자에서 내려와 살금살금 걸어서 안방으로 들어갔다. 놀란 가슴을 겨우 진정시키고 있는데 남편이 퇴근해서 돌아왔다. 금세라도 쓰러질 것 같이 지쳐있는 나를 보며 남편이 놀랐다. 나는 남편을 향해 부엌을 가리켰다.

상황을 파악한 그이가 옷을 벗어 던졌다. 도둑을 잡을 것처럼 입술을 굳게 다물고 비장하게 부엌으로 들어갔다. 미꾸라지를 한 마리씩 잡아서 그릇에 담으려는데 잡으면 미끄러지고 또 잡으면 미끄러지면서 손에서 빠져나갔다. 남편은 폭포수처럼 쏟아지는 땀을 훔치며 낑낑거렸다.

"이놈이 자꾸 미끄러져서 미꾸라지인가 보네"

그이는 미끈거리는 것을 혼신을 다해 그릇에 집어넣으며 입을 앙다물었다. 그이의 친구는 개울에서 미꾸라지를 잡았고 그이는 부엌 바닥에서 미꾸라지를 잡은 날이었다. 나는 행여나 미꾸라지가 다시 살아나 내 앞으로 튀어 오를까 봐 멀찌감치 서서  두 손으로 입을 틀어 막고 서 있었다.

임신부에게 미꾸라지를 가져다준 사람도 그렇지만, 간단한 어머님의 설명만 듣고 추어탕을 끓이려고 맘먹었던 새댁의 무식함은 용기였다. 그때의 참사를 결국은 그이가 애써 마무리했다. 그날 이후로 부엌에 들어갈 때마다 바닥에서 꿈실대던 것들이 자꾸 아른거려서 나는 한동안 앞이 막힌 슬리퍼를 신고 부엌을 드나들었다.

미꾸라지 대 소동이 있고 나서 30년이 된 지금은 눈 감고도 추어탕을 끓일 수 있게 되었다. 살아있는 미꾸라지 다루는 법은 깊이가 있는 냄비에 미꾸라지를 넣은 다음 소금을 한 주먹 넣고 재빠르게 뚜껑을 닫는다. 냄비 뚜껑은 두 손으로 꾹 누른다. 냄비 안에서 사정없이 튀어 오르며 뚜껑을 마구 치는 미꾸라지가 잠잠해지면 물로 깨끗이 헹군다. 이렇게 유유히 미꾸라지를 손질하고 나서 어머님이 알려준 방식대로 추어탕을 끓이면 쉽다.

물에 넣고 끓인 미꾸라지를 믹서에 넣고 간다. 냄비에 미꾸라지 간 물을 넣고 된장에 치댄 시래기를 넣고 바글바글 끓이면 구수한 냄새가 진동한다. 그때 물에 불린 고춧가루와 청양고추, 들깻가루, 마늘, 생강, 후추를 넣고 국자로 저어가며 끓이다가 불을 끄고 부추를 넣는다.

선선한 가을이 되면 더욱 맛있게 느껴지는 추어탕은 투박한 뚝배기에 담아 먹어야 제맛이 난다. 다 먹을 때까지 따뜻한 온기를 지켜주기 때문이다. 국물이 진하고 구수한 추어탕을 먹고 나면 보약을 한 첩 먹은 듯 몸이 따뜻해지고 마음마저 든든해진다.

재료

미꾸라지 1kg, 된장에 치대서 얼려둔 시래기 서너 주먹,
마늘, 생강, 후추, 들깻가루, 부추 한 줌, 고춧가루 5큰술,
청양고추 5개.

1. 삶은 미꾸라지는 물을 넣고 믹서에 간 다음 뼈를 체에 걸러낸
다.
2. 미꾸라지 간 물과 된장에 치대둔 시래기를 넣고 끓이다가 고춧
가루, 청양고추 다진 것, 생강, 마늘, 후추를 넣는다.
3. 쌀가루가 들어간 들깻가루를 넣고 국자로 저어가며 팔팔 끓인
다.
4. 불을 끄고 부추를 넣는다.

푸근한 모순 ———————————————— 더덕구이

난장판이었다. 아들 집에 도착해서 현관문을 여니 신발이 자유분방하게 늘어서 있었다. 구두 한 짝이 운동화 두 짝 사이에 들어가 앉아 있고, 슬리퍼 한 짝은 뒤집어져 있으며, 다른 한 짝은 구두 한 짝과 서로 마주 보고 있었다.

'세상에나 아무리 바쁘다지만 현관이 이게 뭐람.' 처음 보는 장면이 아님에도 놀라는 마음을 진정시키며 신발을 반듯하게 놓았다. 안으로 들어가니 책상 위에는 여러 권의 책이 삐뚤빼뚤 겹쳐 있었다. 컴퓨터 본체와 책꽂이, 책상 맞은편에 놓인 2

단 서랍장 위에는 곱게 분칠한 새색시 얼굴처럼 하얀 먼지가 수북이 쌓여있었다. 집에선 그저 잠만 자고 빠져나갔는지 침대 위의 이불은 구겨진 편지지처럼 이리 접히고 저리 접혀있었다. 옷걸이에는 셔츠와 바지가 수북이 걸려있어서 얇은 천 하나만 더 얹어도 이내 쓰러질 것 같다.

어질어진 아들 방을 보면서 "여보 내가 와서 날마다 치워줘야 할까 봐."라는 말이 불쑥 튀어나왔다. 남편은 무슨 소리를 하는 거냐며 이렇게 살아도 아무 이상 없다고 했다.

그대로 두고 볼 수 없어서 팔을 걷어붙이고 먼지부터 닦았다. 가을바람에 뒹구는 낙엽처럼 여기저기 굴러다니던 수건과 옷가지를 세탁기에 넣고 돌렸다. 문을 활짝 열어젖히고 청소기를 돌린 다음, 냄새나는 화장실도 구석구석 닦아내니 호텔 화장실처럼 번들거렸다. 남편과 둘이 청소업체 직원이 된 것처럼 한참을 쓸고 닦고 했더니 그제야 마음이 후련해졌다.

청소가 거의 끝나갈 무렵 아들이 돌아왔다. 녀석은 대학 시절 자취 초기엔 내가 청소를 하면 화부터 냈다. 자기가 알아서 할 테니 그냥 놔두라면서. 그러더니 언제부턴가 정리 정돈에 청소를 일삼는 나에게 "속이 후련할 만큼 마음껏 치웠어?"라며 웃었다. 무엇이든 자식을 위해 해주고픈 어미 마음을 십분 헤아리고 있다는 듯이.

청소를 마치고 저녁을 먹으러 나가기엔 이른 시간이라 잠시
쉬고 있는데 양말을 벗는 아들의 엄지발톱이 까맣게 멍들어 있
었다.

"이거 왜 그래?"

놀란 표정으로 물으니 별거 아니란다. 편한 옷을 입겠다며
바지를 갈아입는데 무릎은 또 언제 다친 건지 붉은 딱지가 넓
게 앉아 있고 딱지 주변으론 퍼런 멍이 들어있었다.

"뭔 일이야 도대체."

"누구랑 싸웠니?"

"누구한테 맞았어?"

속사포처럼 계속 이어지는 질문 공세에 녀석은 그냥 별거
아니라는 대답만 했다. 개운하지 않은 마음으로 저녁을 먹으
러 나가서 남편이 맥주 한 병을 시켰다. 아빠와 맥주잔을 기울
이던 아들이 분위기 탓인지 그제야 아까 했던 내 질문에 대답
했다. 선배들이랑 술을 마시고 집에 돌아왔는데 다음 날 일어
나 보니 발이 다쳐있더라는 것이었다. 그러면서 "걸어오다 넘
어졌나 봐"라고 하는 것이 아닌가. 도대체 얼마나 많이 마셨기
에 다치던 순간조차 기억하지 못했을까. 이만하기 다행이지 더

큰 일이라도 있었으면 어찌했을까. 문득 별별 상상이 다 되어 아찔한 생각이 들었다. 나도 모르게 그동안 참아왔던 잔소리를 실컷 해댔다.

"그러다 몸이라도 크게 상하면 진짜 어쩔래. 의사가 될 놈이 몸에 해로운 술을 왜 그리 많이 마시냐고." 거침없이 쏟아낸 잔소리에 아들은

"엄마! 술 마시는 것도 실력이야."라며 능청스럽게 웃었다. 나는 어이가 없어 한숨이 나왔다.

청춘들의 음주 문화를 전혀 이해하지 못하는 것은 아니다. 술과 함께 어우러지는 취기 어린 분위기는 서로를 끈끈하게 묶어준다는 것을 안다. 술만큼 짧은 시간에 사람의 몸을 달구어 마음까지 활짝 열어 주는 음식이 어디 있을까. 그저 자나 깨나 자식의 안전과 건강을 기원하는 어미의 마음이 한발 앞서는 것일 뿐이다. 아들과 하룻저녁을 같이 보내고 술 좀 제발 적당히 마시라고 간곡히 부탁하고 내려왔다.

며칠 뒤, 시장에 나갔더니 수더분하게 생긴 아저씨가 더덕을 팔고 있었다. 쌓아놓은 더덕 무더기에서 산속의 청량한 숲 내음이 났다. 더덕은 마른 흙을 온몸에 잔뜩 묻힌 채로 잔주름이

가득했다. 잔뿌리도 여러 개 달려 있었다. 더덕을 먹으면 왠지 잔주름과 잔뿌리의 숫자만큼 몸에 좋을 것 같았다.

"더덕 좀 살까?"

"더덕 까기 힘들다고 당신이 싫어했잖아."

"아니, 그냥 껍질 안 까고 깨끗이 씻어서 술 담그면 되지 뭐."

"술을 담그겠다고?"

"응. 더덕 주 담아놓았다가 아들 오면 주게."

남편이 나를 한심하다는 듯 쳐다봤다. 아들이 술 먹는 것을 그렇게 걱정했던 엄마가 맞느냐는 표정이었다. 내가 나를 생각해도 이상했다. 술 마신다고 걱정하는 마음 뒤로 술 좋아하는 녀석을 위해 더덕주를 담그고 싶은 마음이 드니 말이다. 남편을 졸라 더덕 2만 원어치를 사 왔다. 거뭇한 색깔에 잔주름과 잔뿌리가 가득한 더덕을 어찌할지 한참 고민했다. 더덕 주를 담그려면 껍질을 벗기지 말아야 할 것이고 더덕구이를 하려면 껍질을 벗겨야 했으니 말이다.

일단 흐르는 물에 솔로 문질러 더덕을 깨끗하게 씻었다. 시커먼 구정물이 한없이 나왔다. 말끔하게 씻긴 더덕을 두 무더기로 나누었다. 한 무더기는 어미의 모순된 마음으로 더덕주를 담기 위해 물기를 말렸다. 투명한 유리병에 더덕을 넣고 30도 짜리 독한 술을 사다 콸콸 부었다. 뚜껑을 꽉 틀어막아 잘 익으라고 그늘진 베란다에 곱게 앉혀 두었다.

나머지 반은 더덕구이를 하기 위해 뜨거운 물에 살짝 데쳤다. 데친 더덕을 바로 찬물에 넣은 뒤 껍질을 까니 돌돌 잘 벗겨졌다. 하얀 속살이 드러난 더덕을 도마 위에 얹어놓고 반으로 잘랐다. 머리 부분에서 찐득한 하얀 진액이 나왔다. 방망이로 자근자근 두드리니 더덕이 너덜거리며 납작해졌다. 고추장에 갖은양념을 넣고 빨갛게 무쳤다. 팬에 들기름을 넉넉히 두른 뒤 양념한 더덕을 약불에서 지글지글 구웠다. 고추장 양념이 들기름에 볶아지는 냄새가 매콤해서 코끝이 간질거렸다. 다구워진 더덕구이는 말캉하면서도 마지막에 아삭한 식감이 살아있었다. 남편이 더덕구이를 먹으면서 베란다에 막 담가둔 더덕주를 보며 이죽거린다. 우리 각시는 참 이상한 엄마라며.

아들이 결혼하고 제 아내와 함께 집에 내려온 날, 더덕을 사다가 고추장구이를 했다. 아들과 남편은 매콤하면서도 아삭한 더덕구이를 안주 삼아 더덕주를 마셨다. 술 한 모금만 마셔도 공기 빠진 풍선이 되어 버리는 나와 며느리는 그저 더덕 주에서 풍겨오는 향기만 맡았다.

술잔을 기울이며 즐거워하는 아들에게 더덕 주에 담긴 나의 모순된 마음을 얘기했더니 아들이 "이런 마음도 유전인가?"라고 하면서 껄껄 웃었다.

아들은 결혼 후 제 아내가 아토피 피부염이 있어서 과자 금지령을 내렸다고 한다. 그래 놓고선 마트에만 가면 과자 코너에서 한참을 서성거린단다. 그러다 결국 제 아내가 좋아하는 과자를 사서 두 손에 고이 바친다고 하니 우리 모자의 마음 참 모순덩어리다.

재료

더덕 500g, 양념장(고추장 2큰술, 고춧가루 1큰술, 양조간장 2큰술,
다진 마늘 1/2큰술, 다진 파 1/2큰술, 들기름 2큰술, 꿀 1큰술)

1. 더덕은 씻어서 뜨거운 물에 30초 데친 뒤 찬물에 담근다.
2. 껍질을 까서 반으로 자른 뒤 방망이로 살살 두드린다.
3. 양념장을 넣고 조심스럽게 버무린 뒤 기름 두른 프라이팬에 약
불로 지져낸다.

내 생애 첫 거짓말 _____ 소고기뭇국

쿵쾅거리는 심장 소리가 북소리만
큼 크게 울렸다. 행여나 몸 밖으로 심장 뛰는 소리가 새어 나오
면 어쩌나 조마조마한 마음에 마주 잡고 있던 손바닥은 땀에
젖어 흥건했다. 바짝 긴장한 탓인지 얼굴은 딱딱하게 굳어 버
렸다. 그때 나는 국민학교 2학년 자그만 계집애였다.

아빠는 매우 자상하면서도 손재주가 있는 분이셨다. 퇴근하
고 집에 돌아오시면 바쁜 엄마를 위해 멸치도 까주시고 마늘과
생강도 까주셨다. 엄마가 빨랫줄에서 빨래를 한 아름 걷어오면
빨래도 개키셨는데 아빠가 개킨 옷가지는 엄마가 개킨 것보다

더 반듯했다. 어린 내 눈에 아빠는 모든 것이 완벽해 보이는 멋진 남자였다.

딸을 넷이나 둔 아빠는 출근하시기 전에 엄마를 대신해서 딸들의 머리를 곱게 빗겨주시곤 하셨다. 등교하는 언니와 내 머리는 특별히 신경 써서 단정하게 매만져 주셨다. 아빠의 사랑과 손재주 덕분에 우리 자매들 머리는 언제나 단정했다. 언니는 4학년이 되면서 단발머리를 하게 되었는데 나는 여전히 아빠의 손을 빌려 양 갈래로 머리를 땋고 다녔다.

긴 머리는 국민학교 2학년 2학기가 될 때까지 이어졌다. 머리를 아빠가 한 가닥으로 짱짱하게 묶어주시는 날도 있었는데, 머리끝이 궁둥이에 닿을락 말락 할 정도여서 걸을 때마다 묶어놓은 머리가 시계추처럼 움직였다. 그때 내가 머리를 자르지 않겠다고 고집을 부린 것인지, 부모님께서 기르라고 종용한 것인지는 기억이 나지 않는다. 그저 언니의 머리카락은 숱이 없고 가늘면서 곱슬곱슬했는데 내 머리칼은 숱이 많고 두꺼웠다.

긴 머리가 국민학교 2학년이 되자 귀찮아지기 시작했다. 머리를 감을 때도 그렇지만 감고 나서 말릴 때도 시간이 너무 많이 걸렸다. 샴푸라는 것이 지금처럼 흔하던 시절이 아니라서 비누칠해서 머리에 거품을 내다보면 오금이 저렸다. 숱 많고

기다란 머리였으니 숱 적고 짧은 머리를 한 언니에 비해 머리 감는 시간이 배로 늘어나는 것은 당연한 일이었다.

허리를 구부리고 머리를 감겨주시던 엄마가 "아이고 허리야"라고 하면서 잠시 허리를 펴면 나도 따라 구부렸던 다리를 쭉 펴고 일어섰다. 젖은 머리를 한 채 몸을 세우니 여지없이 비눗물이 옷으로 뚝뚝 떨어지고 이마를 적시며 눈으로 들어가 따가웠다. 무릎을 구부리고 앉아 있자니 다리가 저리고 일어서자니 눈이 매워서 징징거리면 엄마는 "가만히 있어야 빨리 끝나지"라고 소리치며 내 등을 철썩 내리쳤다. 머리 감느라 힘들어 죽겠는데 등까지 덤으로 얻어맞으니 억울해서 눈물 콧물 짜내는 일은 긴 머리를 감을 때마다 마주하는 풍경이었다.

학교에 갈 때마다 아빠에게 붙들려 머리 땋는 시간도 싫었다. 짧은 단발머리를 빗으로 쓱쓱 빗어 넘긴 후 툴툴 털고 일어서며 자기 머리를 자기 마음대로 할 수 있는 언니가 그렇게 부러울 수 없었다. 이렇게 자꾸만 긴 머리 때문에 힘든 마음이 들기 시작하자 어떻게 하면 머리를 자를 수 있을까 고민하기 시작했다.

하늘이 파랗고 콧구멍 속으로 들랑거리는 바람이 무척이나 청량하게 느껴지던 가을에 운동회가 열렸다. 운동회 날 아침에 아빠는 내 머리를 한 갈래로 땋아서 다른 날보다 더 짱짱하게 묶어주셨다. 머리단장을 마치고 언니와 나는 엄마가 밤새 콩을 넣고 만들어 주신 오재미(콩주머니 또는 모래주머니)와 응원 도구를 들고 학교로 달아났다.

교문으로 들어서자, 학교 운동장 가장자리에 석회 가루로 그려진 여러 개의 줄이 눈에 들어왔다. 가는 모래가 깔린 운동장 위로 그려진 하얀 선들이 어쩜 그리 선명하던지, 마치 기차가 다니는 철길처럼 튼튼해 보였다. 남자 선생님 몇몇은 운동장 가장자리에 서 있는 나무 사이로 만국기를 치렁치렁 매달고 있었다. 운동장 안으로 한껏 들뜬 학생들이 순식간에 우르르 몰려들었다.

전교생이 국민의례를 시작으로 운동장은 구령 소리로 들썩거렸다. 우리는 청군과 백군으로 나뉘어 대항을 벌이기 시작했다. 맨 먼저 학년 별로 달리기가 시작되었다. 나는 그 당시 단거리 달리기를 꽤 잘하는 편이어서 우리 반의 유망주였다. 다섯 명씩 조를 짜서 기다리다가 드디어 내가 속한 조가 달릴 차례가 되었다. 나는 떨리는 마음을 억누르며 몸을 앞으로 약간 숙인 채 출발선에 신발코를 맞추고 섰다. 입은 꼭 다문 채 두 주먹을 불끈 쥐었다. 정지된 찰나의 긴장감을 깨며 선생님의 입에 물린 호루라기에서 "호루루루" 소리가 날카롭게 울려 퍼졌다.

온 힘을 다해 출발선에서 뛰쳐나갔다. 출발이 다른 아이들보다 빨랐는지 내가 맨 앞에서 달리기 시작했다. 한참을 달리는데 한 친구가 내 앞으로 조금씩 앞서나갔다. 곁눈질하며 나를 앞질러나가는 친구를 제치기 위해 가슴을 앞쪽으로 쭉 내밀며 이를 악물고 달렸다. 하지만 도착점에 2등으로 들어가고 말았다. 1등으로 도착점에 들어간 친구는 단발머리를 휘날리며 두 손을 들고 펄펄 뛰며 좋아했다. 나는 뛸 때마다 채찍이 되어 내 등을 쳐대던 긴 머리 때문에 1등을 하지 못했다는 생각을 떨쳐 버릴 수 없었다.

단거리 달리기가 끝나고 계주가 시작되자 선수들이 앞서거니 뒤서거니 할 때마다 플라타너스 밑으로 청백기가 양쪽에서 휘날렸다. 삼삼칠 박수에 맞춰 한껏 고조된 분위기 속에서 선수들이 결승전에 가까워지자 "청군 이겨라." "백군 이겨라." 응원 소리가 점점 거세졌다. 어떤 아이들은 자리에서 홀딱 홀딱 뛰면서 선수 이름을 부르며 고래고래 소리를 질러댔다. 나도 백군 진영에서 목이 터져라 응원하며 긴 머리를 반드시 잘라야겠다고 생각했다. 두 편으로 나뉘어 오재미를 농구대에 집어넣고, 힘차게 "영차!" 소리를 내며 줄다리기할 때도 온통 머리 자를 생각뿐이었다.

운동회를 마치고 운동장의 흙먼지를 온몸 가득 뒤집어쓴 채 집으로 돌아왔다. 몸을 씻고 머리를 감고 말리면서 피곤함을 견디지 못해 자울거리고 있는데 아빠가 퇴근해서 집으로 돌아오셨다. 나는 용수철처럼 아빠 앞으로 튕겨 나가 "아빠 있잖아. 오늘 우리 선생님이 나한테 머리 자르고 오랬어. 머리를 잘라야 단정하대."라고 거짓말을 했다. 재빠르고 깜찍하게 거짓말을 하고 나서는 가슴 속에서 방망이질 쳐대는 소리를 들킬까 봐 고개를 숙이고 책가방을 뒤적거리는 시늉을 했다.

아빠는 두 말도 하지 않고 머리 자르는 일을 허락하셨고, 토요일에 엄마를 따라 미장원에 가서 긴 머리를 싹둑 잘랐다. 엄마는 잘려 나가는 내 머리카락을 보며 아쉬워했지만 나는 그저 속이 후련하기만 했다. 이제 드디어 나도 언니처럼 내 손으로 머리를 빗고 학교에 다닐 수 있겠다고 생각하니 갑자기 고학년이 된 것 같아 어깨가 으쓱해졌다. 다음번 운동회 때 단발머리를 하고 가볍게 달리게 될 내 모습이 떠오르자 입가에 빙그레 웃음이 나왔다.

잘라낸 내 머리카락은 미용실 아줌마가 눈독을 들였다. 숱이 많고 질이 좋은 머리카락이라 가발을 만들면 좋겠다며 사기를 원했다. 엄마는 잠시 고민하다가 내 머리카락을 미용실에 팔았다. 머리카락 판 돈은 엄마가 받았기 때문에 얼마를 받았는지 모를 일이지만 엄마는 내 머리카락을 팔고 나서 흡족한 표정을 지어 보였다.

엄마는 집으로 돌아오는 길에 시장에서 소고기, 무, 대파를 샀다. 생일도 아니고 명절도 아닌데 왜 소고기를 사느냐고 묻는 나에게 머리를 잘라 팔았으니 영양 보충을 해야지 않겠느냐며 활짝 웃었다. 그날 엄마의 부엌은 구수하게 끓인 소고기뭇국 냄새로 진동했다. 명절도 아닌데 내 머리카락 덕분에 소고기뭇국을 맛있게 먹던 언니와 동생은 나에게 국을 한 대접 더 먹으라고 했다. 그래야 머리가 빨리 자라서 또 팔 것 아니냐며 깔깔댔다.

내 생애 첫 거짓말은 이렇게 소고기뭇국을 먹으며 성공적으로 막을 내렸다. 어린 계집아이의 속임수가 능숙하다고 한들 얼마나 능숙했을까. 아마도 아빠와 엄마는 내가 거짓말한다는 것을 단박에 눈치채셨을지도 모른다. 하지만 긴 머리를 감을 때마다 엄마 앞에서 칭얼거리던 나를, 학교 가기 전 머리를 땋을 때마다 아빠 앞에서 툴툴거리던 내 투정을 소홀히 여기지 않으셨던 것 같다. 그 뒤로 나는 단발머리에 머리핀을 꽂고 학교에 다녔다. 한동안 아침에 일어나 가벼워진 머리를 내 손으로 매만지며 마치 어른이 된 것 같은 느낌이 들곤 했다. 하지만 이듬해 운동회 달리기에서도 1등은 하지 못했다.

재료

소고기 국거리 300g, 무 반토막, 대파 1대, 조선간장, 다진 마늘, 소금, 코인 육수 3알

1. 소고기는 키친타월을 이용해서 핏물을 닦아준다.
2. 냄비에 소고기를 넣고 물 약간과 조선간장 1큰술을 넣고 볶아준다.
3. 나박나박 썬 무를 냄비에 넣고 물을 자작하게 부은 다음 끓여준다.
4. 마지막으로 대파 채를 썬 것과 다진 마늘을 넣고 소금으로 간을 맞춘다.

화를 잘 다스렸으면 _____ 콩국수

　　　　　　　　화가 치밀어 올랐다. 당장이라도 달려가서 멱살을 잡고 도대체 왜 그런 행동을 하는 것이냐고 따져 묻고 싶었다. 하지만 화는 우는 아이와 같으므로 잘 달래야 한다는 세계평화운동가 틱낫한 스님의 글을 떠올리며 화 나는 마음을 어린아이 달래듯 겨우겨우 달래곤 했다.

　베란다 창문을 열어놓고 지내기 시작하는 초여름의 일이었다. 베란다에서 기르는 채소에 물을 주고 있는데 아래층에서 담배 연기가 하얗게 몽글몽글 솟아올랐다. 그날따라 내가 마치 담배를 피워대는 것처럼 우리 집 유리창 너머로 뿌연 안개가 피어나고 있었다. 담배 냄새를 맡으니 콜록콜록 기침이 나왔다.

"대체 누가 아침부터 베란다에서 담배를 피우는 거야?"라고 작은 소리로 중얼거리며 창문 밖으로 고개를 내밀었다. 사람 모습은 보이지 않았지만, 창틀에 기대선 사람이 검지와 장지 손가락에 담배를 끼우고 뻐끔뻐끔 줄담배를 피워대고 있었다. 아랫집에 군대 간 아들이 있었는데 이제 막 제대했나보다는 생각이 들었다.

젊은이가 무례하게 담배를 피워대고 있다고 생각하니 순간 화가 버럭 치밀어 올라서 '이 봐요. 총각! 담배를 거기서 피워 대면 우리 집으로 연기가 죄다 올라오잖아.'라는 말이 목구멍까지 차올랐다. 하지만 말은 차마 내뱉지 못하고 아래층까지 들리라고 창문을 쾅! 소리 나게 닫았다.

창문 닫는 행동으로 소심하게 화가 났다는 표현은 했지만 어떻게 공동 생활하는데 저리도 예의가 없을까 생각했다. 관리소에 신고해야 하나 말아야 하나 고민하고 있는데 스피커에서 안내 방송이 나왔다.

"주민 여러분! 아파트는 함께 생활하는 공간입니다. 베란다에서 담배 피우는 분 때문에 민원이 많이 들어오고 있습니다. 앞 베란다나 뒤 베란다, 복도, 화장실에서 담배 피우는 일이 없도록 합시다. 흡연자는 101동 앞 흡연 장소를 이용해 주십시오. 서로 배려하며 좋은 이웃이 되기 위해 노력합시다."

방송을 통해서 나오는 직원의 말투는 교장 선생님 훈화처럼 들렸다. 이웃집에서 누가 발 빠르게 신고한 모양이었다. 방송을 듣고 나니 어찌나 마음이 시원하던지. 담배 냄새는 여전히 창문 틈새를 타고 조금씩 들어왔지만 불편하던 마음은 서서히 가라앉았다. 내가 직접 나서지 않고도 2층 총각에게 일침을 가했다고 생각하니 고소한 마음이 들었다. 공개적으로 실내에서 담배 피우지 말라고 주의받았으니, 앞으로는 조심하겠거니 생각했다.

하지만 그 뒤로도 드문드문 담배 냄새가 창문을 타고 들어왔고 화장실에서도 가끔 담배 냄새가 올라왔다. 그때마다 누가 신고를 하는지 여지없이 방송에서 집안에선 담배 피우지 말라는 안내 방송이 나왔다. 방송이 나오고 나면 아랫집 아줌마의 궁시렁거리는 소리가 한참씩 들리곤 했다.

말의 내용은 정확하게 알아들을 수 없었지만 아마도 담배 피우는 사람을 향해 소리치는 것 같았다. 누군들 방송에서 대대적으로 지적을 당하고 나면 화가 나지 않을까? 그런데 아래층 아줌마의 잔소리가 있고 나면 잠시 뜸하다가 얼마 가지 않아서 또다시 담배 냄새가 창문을 타고 올라왔다. 점점 참을성에 한

계를 느끼고 있는데 엘리베이터 앞에서 아래층 총각과 마주쳤다. 나는 마트에서 장보기 한 물건을 손에 들고 있었고 총각은 말쑥한 차림에 핸드폰을 손에 들고 있었다.

총각이 나를 향해 고개를 굽히며 인사했다. 나는 인사는 받지 않고 총각을 힐끗 쳐다봤다. '생긴 것으로 봐선 모범생 같아 보이는데 담배는 왜 아무 데서나 무식하게 피워댈까' 하는 생각이 들면서 앞으로 담배를 피우려거든 흡연 장소에 가서 피우라고 말하고 싶었다. 하지만 정중하게 인사를 건네는 총각에게 차마 입을 열 수 없었다. '제 엄마한테 면박을 그렇게 얻어먹고도 멈추지 않는 버릇을 내가 어떻게 고칠 수 있단 말인가.' 하는 생각으로 입을 꾹 다물었다.

엘리베이터에서 총각이 내리고 문이 닫혔다. 순간 담배 좀 베란다에서 피우지 말라고 하지 않은 것이 후회되었지만 이미 총각이 내려버린 뒤라 기회를 놓치고 말았다. 그 뒤로도 담배 냄새는 계속 우리 집으로 올라왔다. 그럴 때마다 화가 단단히 난 나는 고심 끝에 방송이 나와도 아랑곳하지 않는 아랫집에 메모를 남기기로 했다.

"담배 연기가 우리 집으로 올라오니 견디기가 힘드네요. 기관지가 좋지 않은 가족이 있으니 조심해 주세요. 아파트 101동

앞에 흡연 장소가 있습니다. 그곳을 이용하세요. 위층입니다."

메모지를 아래층 대문에 붙이는데 행여나 안에서 누가 나올까 봐 심장이 콩닥거려 후다닥 계단으로 올라왔다. '이제 조금은 조심하겠지'라는 마음으로 저녁 식사를 준비하고 있는데 아래층 아줌마가 열무김치를 담았다며 김치가 담긴 접시를 내밀면서 미안하다고 했다. 자식 대신 미안하다고 사과하는 아줌마가 안 됐다는 생각이 들어 말을 건넸다.

"정말 담배 냄새 때문에 너무 힘드네요. 아들이 말을 안들으니 속상하겠어요."

최대한 부드럽고 조심스럽게 말하는 나에게 아줌마가 눈을 동그랗게 뜨더니 말했다.

"제 아들이 피우는 게 아니에요. 얼마 전에 시어머니께서 돌아가셔서 시아버지를 혼자 계시라고 할 수 없어 우리 집으로 모시고 왔어요. 아파트라 답답하신지 예전보다 담배를 더 많이 태우시네요. 여름이라 창문을 닫아 둘 수도 없고 아무래도 이대로는 힘들 것 같아서 주택으로 이사 가려고 집을 내놓았어요. 팔릴 때까지 조금만 기다려 주세요. 저도 아버님께 조심해야 한다고 계속 말씀은 드리는데 귀가 잘 안 들리셔서 알아듣지도 못하시는 것 같고 90살 넘도록 워낙 마음대로 하고 사시던 분이라 힘이 드네요."

"세상에나 그랬군요. 저는 아드님이 피우는 줄 알았어요. 저도 힘들지만 아줌마도 정말 힘드시겠네요."

아랫집 아줌마의 사정 이야기를 듣고 나니 혹 떼려다 오히려 혹을 하나 더 붙인 혹부리 영감님 마음이 되어버렸다. 의심의 눈초리로 미워했던 아랫집 총각에게는 미안한 마음이 들었다. 사정 얘기를 듣지 않았다면 언젠가 반드시 아랫집 총각을 만났을 때, 제발 담배 좀 베란다에서 피우지 말고 흡연 장소에 나가 피우라고 훈계했을 것이다. 아니, 담배는 몸에 해로우니 피우지 않는 것이 좋겠다고 잔소리했을지도 모른다.

아줌마가 돌아간 뒤로 콩국수를 끓이려고 통통하게 불려놓은 노란 콩을 끓는 물에 살짝 삶은 다음, 아몬드 반 주먹과 소금을 약간 넣고 믹서에 갈았다. 상아색 콩물이 아래층 총각에게 미안한 내 마음을 대신해서 뽀글뽀글 거품을 내며 걸쭉하게

갈렸다. 메밀국수는 펄펄 끓는 물에 넉넉한 양을 삶아서 찬물에 식혔더니 면발이 탱글탱글해졌다. 물에서 건져낸 메밀국수 한 주먹을 커다란 볼에 얌전히

돌려 담은 뒤, 콩물을 자작하게 부은 다음 채 썬 오이를 올려서 아랫집으로 내려갔다.

초인종 소리를 듣고 아랫집 아줌마가 나와서 쟁반에 담아간 콩국수를 받아들었다. "아드님 집에 있으면 같이 드세요."라는 말을 남기고 겸연쩍은 마음이 들어 얼른 집으로 돌아왔다. 담배 냄새는 그 뒤로도 계속 창문을 타고 올라왔다. 그때마다 문득문득 짜증나고 화가 났지만 그래도 젊은 총각이 피워대는 것으로 생각할 때보다는 화를 삭이기가 쉬웠다.

오욕칠정(五慾七情)을 가진 사람으로서 분노의 감정을 느끼는 것은 어쩌면 당연한 일인지도 모른다. 그렇다고 화나는 감정을 스스로 다스리지 못하고 불쑥 쏟아내 버리고 나면 그 결과는 참혹해질 것 같다. "저 사람은 늘 버럭 대는 사람이야."라는 낙인이 찍혀버려 관계가 어그러지는 것은 물론 화내는 자신 또한 좋을 것이 없으니 말이다. 그러니 화를 잘 다스리는 묘책이 살아가면서 필요할 것 같다.

얼마 후 아랫집은 이사했다. 이삿날 서로 웃으며 인사할 수 있었다. 이웃 간에 싸움으로 번질 수 있던 일이 잘 마무리되어 다행이라 생각한다. 내가 담배 연기 스트레스에서 해방되었듯이 아랫집 아줌마도 담배 연기 때문에 힘들지 않으면 좋겠다.

주먹구구식
요리법

재료

메주콩 1컵, 통깨 2큰술, 아몬드 1/3컵, 메밀면 200g, 오이
1/2개, 소금 약간, 물 5컵.

1. 메주콩 1컵은 6시간 이상 불린 다음 물 2컵을 넣고 5분 정도 삶
아준다.

2. 삶은 콩을 건져 통깨, 아몬드, 소금 1/2 작은 술을 넣고 물 5컵과
함께 믹서에 간다.

3. 끓는 물에 메밀면을 넣고 6분 정도 삶아준 뒤 차가운 얼음물에
헹궈 준다.

4. 메밀면을 그릇에 담고 콩물을 부은 다음, 오이채를 맨 위에 얹
어 준다.

깐깐한 보호자 다슬기탕

　　어린이날을 시작으로 명랑한 오월에 들어섰지만, 나에겐 그다지 밝지 않은 시간이 이어졌다. 그동안 병치레 없이 건강했던 남편이 두 번이나 병원에 입원해서 간호해야 할 일이 생긴 것이다. 쇠도 쓰면 닳는 법인데 그동안 쉬지 않고 마구 써온 사람의 몸이야 오죽했으랴. 다행히 치료하면 대체로 괜찮아질 병이었기에 명랑한 기운을 몽땅 빼앗기진 않았다.

　　남편은 아침형 인간이다. 그래서 일찍 자고 일찍 일어나는데, 나는 올빼미형 인간이라 밤늦게까지 활동하는 것을 좋아한다. 그러다 보니 결혼하고 단 한 번도 남편보다 일찍 일어난 적이 없다. 아침엔 남편이 깨워야 겨우 일어난다. 이 문제는 게으르다 부지런하다는 개념으로 평가할 문제는 아니지만 늦게 자기 때문에 아침잠이 많은 나로서는 가끔 미안하다는 생각이 들기도 한다. 적어도 아내는 남편보다 일찍 일어나서 경쾌한 도맛소리로 남편을 깨우는 존재라는 생각이 들기 때문이다. 부지런하셨던 친정엄마나 시어머님의 영향 탓일 것이다.

아침형 인간에다 부지런하기까지 한 남편은 쉬는 날에도 멍때리고 앉아 있는 시간이 없고 책을 읽거나 글 쓰는 활동을 멈추지 않는다. 남편이 아마도 개미 왕국에 살았다면 개미 중에서도 일개미, 일개미 중에서도 수석 일개미이지 않았을까. 남편의 부지런함은 어머님의 성품이기도 한데 나와는 많이 다른 성향이다. 부지런함 덕분인지, 때문인지 남편은 직장에서 퇴직을 코앞에 둔 지금도 현역 작가처럼 매일 책을 읽고 글을 쓰고 있다. 쉬지 않고 열심히 달리는 모습이 참 대단하다 느껴지기도 하지만 무쇠가 아닌 이상 몸이 상할까 봐 걱정되는 것도 사실이다.

일 앞에서 물불 가리지 않고 뛰어드는 나의 성미도 남편 못지않지만, 그래도 나는 간간이 쉬기도 하고 될 수 있는 대로 즐거운 일을 찾아서 하며 일이 하기 싫은 마음이 들 때는 무작정 늘어져서 푹 쉬어 버리는 날도 있는데 남편은 일하는 것보다 쉬는 것을 더 힘들어한다. 다행히 남편은 여행을 좋아하는지라 퇴직 후 지금보다 더 많이 돌아다닐 계획을 세우고 있으니 그동안 열심히 살아온 시간만큼 많이 쉬고 여유로운 시간을 가졌으면 좋겠다. 쉼과 일을 적절하게 배분하며 조화로운 삶을 살았으면 한다. 하지만 병원에 입원해서 치료받는 동안에도 침상에서 책을 펼치고 활자를 대하는 모습을 보면서 가만히 쉬지 못하는 성미는 영영 고치지 못할 것이라는 생각을 떨쳐버리지 못하고 있다.

입원하기 전날, 짐을 챙기는데 남편은 자꾸 자기 배낭을 따로 가지고 가야 한다고 했다. 그럴 필요가 있을까 싶었지만, 워낙 의지가 확고해서 그러라고 했더니 배낭 속에 나 몰래 책을 다섯 권이나 넣고 입원했다. 병실에서 나는 잔소리하지 않을 수 없었다. "제발 가만히 눈 감고 있어라." "앉아 있지 말고 누워라." "환자답게 굴어라." 등등.

이렇게 잔소리하는 나에게 환자복을 입은 남편은 "당신 진짜 깐깐한 보호자야!"라며 이죽거렸다. 남편은 이번 달이 가기 전에 다시 한번 더 병원 신세를 져야 할 일이 남아 있다. 그때는 진짜 책을 가지고 가지 못하게 미리 가방 검사를 샅샅이 해

야겠다. 톰과 제리의 추격전이겠지
만 진짜 깐깐한 보호자가 어떤 것인
지 보여주어야 할 것 같다.

병원에서 퇴원하고 며칠이 지나
니 큰 시누님이 순창의 맑은 물에서
다슬기를 잡아다 주셨다. 맛나게 끓
여서 동생 몸보신시키라는 당부와 함께. 다슬기 끓이는 일은
그다지 어렵지 않으나 과정은 복잡하다. 다슬기를 해감해야 하
고, 펄펄 끓는 물에 넣고 삶아 일일이 껍질에서 알맹이를 꺼내
야 하며, 초록색으로 우러난 물에 호박과 다슬기알을 넣고 끓
여내야 하니 말이다. 물론 이렇게 끓인 다슬기탕의 맛은 그 어
떤 국과도 비교할 수 없는 맛이라 다소 복잡한 과정쯤이야 능
히 감수하고도 남을 만하지만 말이다.

재료

다슬기, 조선간장, 호박, 마늘, 부추

1. 다슬기는 물에 담가 해감한 다음 박박 문질러가며 맑은 물이 나올 때까지 여러 번 씻어준다.

2. 펄펄 끓는 물에 혀를 내민 다슬기를 넣고 초록색이 나올 때까지 끓여준다.

3. 익은 다슬기를 꺼내 식힌 후, 바늘이나 이쑤시개를 이용해서 깐 다음 국물과 함께 섞어준다.(초록색 창자가 떨어지지 않도록 돌려가며 까야 다슬기탕 국물 맛이 짙어진다.)

4. 자른 호박을 넣고 끓인 후, 조선간장으로 간을 맞추고 마늘을 넣고 한소끔 더 끓여준다.

5. 마지막으로 다진 부추를 넣고 불을 끈다.

4장

익숙한 맛

비 오늘 날의 나르시시즘 _____ 황태 콩나물 라면

하늘의 먹구름 층이 두터워지더니 이른 아침부터 비가 하염없이 내린다. 창밖으로 보이는 빗줄기는 11자를 긋고 있다. 창문을 여니 하늘이 무거운 소리를 내며 하염없이 울고 있다. 심란한 마음도 잠시, 어서 우산 들고 밖으로 나오라고 속삭이는 소리가 어디선가 들려오는 것 같았다. 어려서부터 비가 오면 나는 마음이 들떴다.

'지금 나갈까?', '청소랑 빨래랑 하고 나갈까?'

잠시 망설였다. 즐거움을 뒤로 미룬다는 것이 때때로 힘들지만 오늘은 해야 할 일을 먼저 하기로 했다. 침구를 반듯하게 정리하고 세탁기 속에서 말끔하게 씻은 옷가지들을 꺼내 건조대에 널었다. 윙윙거리는 청소기로 바닥의 먼지를 재빠르게 빨아들였다. 직장생활을 하며 분주하던 때도 그랬지만 한가해진 지금도 주부이기에 매일 해야 하는 일들이다. 가사 일을 하면서도 자꾸 창밖을 내다봤다. 비가 그쳐 버리면 어쩌나 조바심을 내면서.

단정해진 거실을 곱게 앉혀두고 발가락이 훤히 보이는 슬리퍼를 신었다. 신발장 안에 고무장화도 있었지만, 비가 이렇게 많이 쏟아지는 날엔 슬리퍼가 제격이었다. 우산꽂이에서 비닐 우산을 골라 집어 들고 현관문을 나섰다. 하늘이 훤히 올려다보이는 투명한 우산 위로 "타닥타닥" "타닥타닥" 벌겋게 달구어진 솥에서 콩 볶아지는 소리를 내며 빗줄기가 와르르 쏟아졌다.

반바지 아래로 하얗게 드러난 종아리에 장대비가 꽂혔다. 아스팔트 위로 흠뻑 쏟아져 내리는 빗물이 발가락을 적셨다. 먼저 내린 빗물은 개울물처럼 꿀럭꿀럭 소리를 내며 도로 위로 흘러갔다. 사춘기 시절에 이유 없이 머리부터 발끝까지 비에 홀딱 젖어봤던 지난날의 여중생 모습이 눈앞에 아른거렸다.

저벅저벅 물길을 가르며 아파트 아래쪽으로 이어진 주택가로 내려갔다. 내가 사는 아파트 위쪽으로 올라가면 도회지의 비 오는 풍경을 볼 수 있었지만, 아파트 아래쪽 주택가로 내려갔다. 그쪽을 선택한 이유는 순전히 골목길이기 때문이었다. 아랫마을 골목길은 내가 어릴 때 오가던 골목길을 닮았다. 그래서 더없이 정겹고 소박했다. 오늘처럼 비가 오는 날에는 더더욱.

비 오는 날의 골목길은 크고 작은 웅덩이를 만들어 준다. 나는 크고 작은 웅덩이를 피하지 않고 오히려 발목까지 적시며 걸었다. 발소리에 놀란 강아지가 닫힌 대문 밑으로 고개를 내밀더니 컹컹 짖었다. 강아지 짖는 소리를 피해 더 내려가니 편의점이 나왔다. 편의점 앞으로 야트막한 웅덩이 하나가 만들어지고 있었다. 점점 더 거세지는 빗줄기에 웅덩이는 큰 원을 그려내고 있었다.

망설임 없이 웅덩이 안으로 걸어 들어가 두 발을 담그고 발가락을 꼼지락거렸다. 웅덩이의 빗물은 발목까지 차올랐다. 두 다리를 번갈아 가며 물장구치는 꼬마 아이처럼 첨벙거렸다. 맞은편에서 고등학생처럼 보이는 덩치 큰 남학생이 오다가 나를 유심히 바라봤다. 겉으로 보기엔 나이가 꽤 들어 보이는 아줌마가 하는 짓이라곤 유치원 꼬맹이 같다고 느끼는 눈빛이었다.

아니, 비 오는 날 이상해진 사람인가 보다 생각하는 것 같았다. 순간 어린 학생에게 괜한 오해를 받고 싶지 않아서 편의점 안으로 들어갔다.

딱히 무얼 사러 들어간 것이 아니었기에 편의점 안을 이리저리 두리번거렸다. 눈에 신라면이 들어왔다. 라면 한 봉지를 사 들고 나왔다. 아까 그 남학생은 어디로 갔는지 보이지 않았다. 나는 가벼워진 마음으로 라면 한 개가 든 검정 봉지를 신나게 흔들며 걸었다. 그러다 나를 철부지 어린애 바라보듯 쳐다보던 남학생의 눈초리가 생각나서 웃음이 나왔다.

남의 눈에 철들지 않아 유치해 보이면 어떠랴. 나는 나의 유치함과 철들지 않음을 좋아한다. 잠시 퇴행하는 시간이면 어떠랴. 유치함은 내가 나에게 애착하는 시간이고 내가 나를 사랑하는 시간인 것을. 호수에 비친 자기 모습을 사랑하며 그리워하다 물에 빠져 수선화가 된 나르키소스(Narcissos)라고 놀린다 해도 나는 미소 지을 수 있다.

집으로 돌아와 축축하게 젖어버린 옷을 갈아입고 편의점에서 사 온 라면을 끓이기 위해 부엌에서 달그락거렸다. 라면만 달랑 끓이는 것보다 이왕이면 이런저런 야채를 넣고 풍미 있는 라면을 끓이고 싶었다. 마치 누군가에게 대접하듯 정성스러운 황태 콩나물 라면을.

냄비를 약한 불에 살짝 달구었다. 적당히 달궈진 냄비에 올리브유와 들기름을 듬뿍 둘렀다. 물에 씻은 황태포 한 줌을 냄비 안에 넣으니 "치익!" 소리가 났다. 주걱으로 황태포를 저어가며 달달 볶았다.

정신이 아찔해질 만큼 고소한 들기름 향이 집안을 휘감았다. 어느새 황태포는 냄비 안에서 양복 입은 중후한 신사처럼 노릇해졌다. 여기에 화룡점정, 감칠맛을 더해줄 새우젓 한 스푼을 야박하게 넣고 볶았다.

날씬한 콩나물 한 줌과 물을 넣고 끓였다. 냄비에서 뽀글뽀글 기포가 올라오기 시작하다 이내 펄펄 끓어올랐다. 바스락거리는 라면 봉지를 잡고 거침없이 쭉 찢었다. 구불구불하면서도 딱딱한 라면을 알몸으로 꺼내 놓고 분말 가루 봉지를 가위로 싹둑 잘라 냄비에 탈탈 털어 넣었다.

짭조름하고 매콤한 라면수프가 황태랑 콩나물과 어우러져 끓어올랐다. 후각을 자극하는 익숙한 냄새가 나니 입안에 침이 가득 고였다. 이어서 오늘 요리의 주인공 라면을 넣었다. 면발에서 힘이 빠지고 부드러워질 때쯤 청양고추와 대파, 계란을 넣고 휘휘 저었다.

다 익은 면발을 한 젓가락 집어 들고 뜨건 김을 후후 불었다. 김 나간 면발을 후루룩 입속으로 빨아들이니 아! 하는 탄성이 절로 나왔다. 수저로 건더기와 국물을 떠서 한입 먹었다. 뱃속까지 개운하게 해주는 황태 라면 국물 맛과 콩나물의 아삭한 식감이 입속에서 춤을 췄다. 비 오는 날의 나르시시즘과 황태 콩나물 라면이 이렇게 잘 어울리는 한 쌍일 줄이야!

재료

라면 1 봉지, 황태 채 한 줌, 마늘 2알, 대파 1/2, 청양고추 2개, 콩나물 한 줌, 새우젓 1작은술, 달걀 1개, 올리브유와 들기름 약간씩, 물 550CC

1. 황태 채 한 줌을 물에 씻어 촉촉해지면 적당한 크기로 잘라두고 마늘 두 알과 대파 1/2, 청양고추 2개를 송송 썰어둔다.
2. 콩나물 한 줌을 씻어서 물기 빼두고 계란 한 개는 톡! 깨서 그릇에 담아둔다.
3. 냄비에 올리브유와 들기름을 적당히 넣고 황태가 노릇해질 때까지 달달 볶다가 새우젓을 작은 한 술 넣고 콩나물을 넣은 다음 물과 수프를 넣고 끓인다.(물은 550CC)
4. 물이 끓으면 라면을 넣고 면발이 익으면 다진 마늘과 청양고추, 대파를 넣은 다음 계란을 넣고 한소끔 더 끓인다. 잘 끓인 콩나물 황태 라면은 상추쌈에 싸서 먹으면 더 맛있다.

원인을 알고 나니 _____ 해물 야채죽

아바의 여인들과 점심을 먹었다. 올
해 마지막 달 모임이라 유기그릇이 번쩍거리는 한정식집에서
고급진 음식을 먹은 다음 차를 마시며 수다를 떨었다. 아바의
여인들은 바느질하면서 만나게 된 사람들이지만 오랜 시간 만
나다 보니 책도 같이 읽고 여행도 하면서 삶의 여정을 함께 하
고 있다. 엄마로, 아내로, 주부로, 여인으로.

그날 우리는 12월에 들어서니 모든 것이 정겹게 느껴진다는
둥, 마지막으로 달린 한 장의 달력 때문에 지나가 버린 시간에
대한 그리움이 자극된다는 둥, 한 살을 더 먹게 되니 서글프다

는 이야기로 소녀 감성을 자극하며 함께하는 시간에 대해 서로 감사의 마음을 전하기도 했다.

여자들끼리만의 모임은 나이를 먹어도 소녀들처럼 천진난만하다. 소녀들의 감성이란 땅에 구르는 낙엽만 봐도 까르르거리는 명랑함이 있기에 이런저런 대화를 나눌 때마다 합창하듯 웃어대며 이야기꽃을 피웠다. 너무 많이 웃어서 발개진 볼을 두 손으로 다독거리며 열기를 식히는데 갑자기 머리가 띵하더니 눈알이 빠질 듯 아파 왔다.

몸 상태가 점점 좋지 않으니 만날 때 반가운 마음은 어디 가고 시간이 지날수록 어서 집으로 돌아가고 싶은 마음이 들었다. 하지만 수다 보따리를 다 풀어 헤친 후에야 인사를 나누고 집으로 돌아왔다. 저녁을 먹고 났는데 등까지 쑥쑥 쑤셨다. 점점 여기저기 몸이 쑤시면서 근육통이 심해져 움직일 때마다 입에서는 "아이고!" 소리가 절로 나왔다. 혹시 코로나 재감염 증상이 아닐까 의심이 갔다.

밤새 몸을 뒤치락거리다 다음 날 아침 일찍 서둘러 20년 넘게 드나드는 이비인후과에 갔다. 아들과 딸이 어려서부터 다니던 병원을 이제는 내가 자주 다니게 된 것이다. 감기 기운이 있을 때마다 목감기가 먼저 시작되는 나는 이비인후과 단골 환자다. 원장님은 나와 같은 연배라 친근감이 있기도 하고 긴 세월 동안 만나다 보니 말하지 않아도 통하는 면이 많았다. 그러니 진료실에 들어서면 동네 아줌마와 동네 아저씨처럼 자연스러운 대화가 이루어진다.

"아이고 이게 누구신가요. 오늘은 또 어디가 아파서 이렇게 행차하셨어요?"

"여기저기 아파요. 침 삼킬 때 목도 아프고 머리도 띵하고 등도 쑤셔요."

"그래요. 어디 입 벌려봐요. 아!"

"침 삼킬 때 몹시 아프던데 부었어요?"

"야가 또 성이 났구먼요. 혹시 모르니까 코로나 검사랑 독감 검사해 봐야겠네요."

하기 싫은 코로나 검사와 독감 검사를 했는데 둘 다 아니었다.

"코로나도 아니고 독감도 아니니 다행이네요. 목이 부어서 그런가 보니 한 사흘 약 먹으면 되겠어요. 주사는 오늘도 안 맞으실라우?"

"예. 주사는 무서워서 싫어요. 호호호"

"하하하! 그래요 그럼. 물 자주 마시고 너무 무리하지 말아요. 무쇠도 막 쓰면 닳는다잖아요."

이비인후과 의사 선생님은 이번에도 주사 맞기 싫어하는 내심정을 십분 헤아려 약 처방만 해주었다. 증상 해소를 위한 약을 처방받아 집으로 돌아와 약을 먹고 나면 통증이 약간 둔해지다가 약 기운이 떨어질 때면 다시 등골을 타고 뼈마디가 쑤셨다. 원인을 알 수 없는 증상 앞에서 통증이 멈추지 않으니 마음이 답답했다. 이비인후과 원장님이 사흘 정도만 약을 먹으면좋아질 거라고 했는데 나흘이 지나도 증세가 호전되지 않으니'큰 병이라도 걸렸나?' 하는 생각이 들어 겁이 났다.

아들과 며느리가 휴가를 내고 파리로 떠난 지 사흘째 되는날이었다. 즐거운 여행길에 누가 되면 어쩌나 하는 생각에 아픈 것을 참고 있다가 아무래도 알려야 할 것 같다는 생각이 들어서 파리의 아침이 되길 기다렸다가 아들에게 문자를 넣었다.곧바로 연락이 왔다. 의료인인 아들과 며느리는 직업의 특성상그러는지 전화나 문자를 하면 즉각 반응하기 때문에 급할 때는좋은 면이 있다.

이곳저곳 불편함을 호소하는 나에게 며칠 동안의 행적을 캐묻던 아들은 내가 아바의 여인들과 점심 먹던 날 아침에 먹었던 이반드론(골다공증 치료제)이 문제된 것 같다고 했다. 사람에 따라 간혹 이반드론을 처음 먹을 때 인플루엔자 유사 증상이 나타나기도 한다는 것이었다. 쉬면서 저절로 좋아지기를 기다리면서 통증을 견디기 힘들면 진통제를 먹으라고 했다. 원인을 알고 나니 묵었던 체증이 쑥 내려가는 것 같았다.

아들과 통화를 마치고 난 후에도 등골이 묵직하게 아픈 증상은 남아 있었지만, 마음이 가벼워졌다. 그제야 무언가를 먹고 싶다는 생각이 들었다. 두툼한 코트를 차려입고 남편과 함께 마트에 나갔더니 오뚝하게 솟은 새빨간 코를 자랑하며 매대에 앉아 있는 딸기가 눈에 들어왔다. 어찌나 싱싱하게 생겼는지 열여덟 소녀의 볼처럼 탱탱했다. 값은 봄철 딸기의 두 배나 되었지만 옆에 있는 남편에게 "나 지금 환자니까 맛있는 것 먹어도 돼!"라고 말하며 두 눈을 질끈 감고 카트에 담았다. 이런 나를 보며 남편은 그냥 딸기가 먹고 싶다고 하면 되지 내가 못 사게 하는 것도 아닌데 왜 그렇게 말하냐면서 입을 삐죽거렸다. 죽 중에서도 해물죽을 가장 좋아하는 나는 죽을 끓이기 위해 새우, 갑오징어, 낙지, 전복을 튼실한 것으로 골라 담고 당근, 호박, 표고버섯, 팽이버섯, 양파를 사 들고 왔다.

뚝딱뚝딱, 똑똑. 도마 위에서 재료를 다지니 경쾌한 소리가 났다. 잘 다져진 재료들은 단풍이 든 가을 산처럼 알록달록했다. 멸치를 넣은 육수 물이 펄펄 끓어오르자, 파도에 밀려오는 비릿한 냄새가 났다. 불린 찹쌀과 다진 재료를 냄비에 넣고 끓이니 보글보글 죽이 끓는 동안 구수한 냄새가 집안을 가득 메웠다. 소금을 한 꼬집 넣은 다음 간을 보기 위해 해물죽을 후후 불어 한입 먹었다. 구수하면서도 감칠맛 나는 해물죽이 침과 함께 버무려져 목을 타고 몸속으로 주르륵 미끄러져 들어갔다.

몸이 아프거나 기운이 없을 때 내 손으로 직접 끓여 먹는 해물 죽은 유명한 죽집에서 파는 죽과 겨루어도 손색이 없을 것 같다.

재료

불린 현미 찹쌀 2컵, 육수 6컵, 새우 6마리, 갑오징어 1마리, 낙지 1마리, 전복 1개, 양파 1/4, 브로콜리 약간, 당근 1/3 쪽, 표고버섯 2장, 팽이버섯 한 줌, 애호박 1/4

1. 찹쌀은 1시간 정도 미지근한 물에 불려둔다.

2. 육수가 끓는 동안 해물과 야채를 잘게 다진다.

3. 육수에 재료를 넣고 끓이다가 약한 불에서 저어가며 찹쌀이 퍼질 때까지 뭉근하게 끓인다.

그건 내 잘못이었어 _____ 조기구이

부모님께 효도할 여자를 찾고 있다
는 효자랑 덜컥 결혼을 한 죄로 매주 주말이면 시골집에 다녔
다. 결혼하고부터 어머님 돌아가실 때까지 시댁에 다니던 길
은 연인들의 드라이브 코스로 아름답다고 소문난 길이었지만
내게는 그다지 아름답게 느껴지지 않았다. 어설픈 새댁 흉내를
내던 시절, 시골집에 도착하면 한 주 내내 도시 며느리를 기다
리시던 할머님과 어머님의 웃음은 넉넉하기 그지없었다. 어설
픈 새댁이면 어떻고 노련한 새댁이면 어떠하랴. 그저 할머님과
어머님의 눈엔 내가 소중한 며느리인 것을. 그것도 도시 출신

며느리인 것을.

시골의 부엌 문화는 나이에 따라 역할 분담이 제법 철저하게 나누어진다. 할머님께선 가장 어른이라는 명목 아래 부엌에 결코 들어오시는 법이 없으셨다. 시어머님께서는 내가 가는 날이 부엌에서 해방되는 날이었다. 게다가 남자는 부엌에 들어오면 큰일 난다는 정서가 있었으니 그이는 시골에만 가면 절대로 부엌 쪽으론 얼씬거리지 않았다.

전라도 사투리로 정지라고 불리는 어머니의 부엌은 내가 결혼하고 3년 뒤에 입식으로 고쳤다. 그러니 신혼 초기 3년 동안은 아궁이에 앉은 가마솥에 불을 때서 밥을 지었다. 정지 바닥은 흙으로 되어 있었지만 수십 년 동안 어머님의 숱한 종종걸음으로 다져져 시멘트보다 단단해 보였다.

불을 때고 나면 따뜻해지는 부뚜막 아래로 아궁이가 있었는데, 텅 빈 아궁이 속으로 땔감을 밀어 넣고 풀무로 불을 지폈다. 여름철의 아궁이는 이마와 콧등에 땀을 송골송골 맺히게 했지만 겨울철의 아궁이는 뜨듯한 구들장처럼 한없이 따뜻했다. 새댁인 나는 아궁이에 불붙이는 일에는 서툴기 짝이 없어서 어머님께서 대신 붙여주시곤 하셨다. 하지만 땔감에 불이 붙고 나면 풀무 돌리는 일이 재미있어서 "어머니! 풀무질은 제가 할 거예요"라며 아궁이 앞으로 바싹 다가가곤 했다.

왕겨를 한 줌씩 넣어가며 풀무를 살살 돌리면 풀무에서 "돌 돌돌" 소리가 났다. 그 소리에 신이 나서 풀무를 좀 더 세게 돌리면 벌겋게 달아오른 왕겨 사이로 구멍이 숭 뚫렸다. 그러면 어머님께서 끝이 새까만 부지깽이로 구멍 난 곳을 살살 다독거려 메워 주셨다. 부지깽이를 잡은 어머니의 손길은 터진 주머니를 얌전하게 기우는 것 같았다. 어머님께서 구멍을 메워주신 다음엔 풀무를 살살 돌렸다. 한 주, 두 주 시간이 지나면서 도시 출신 며느리는 점점 풀무 다루는 솜씨가 늘었다.

한 번은 시끌벅적한 읍내의 시장에서 조기와 과일을 사가지고 시골집에 갔더니 들에 나가셨는지 어머님은 집에 계시지 않았다. 시골 일이라는 것이 시간을 기다릴 수 없이 바쁘게 사람을 몰고 갈 때가 있다. 농사철에 어머님은 집에 있는 시간보다 들과 논에 나가 계신 시간이 많았다. 논두렁의 풀 매는 사소한 일까지 직접 하셨는데 나는 그런 일을 해보지 않아서 도와드릴 수 없었다. 이렇게 시골집은 내 손으로 도와드릴 수 없는 일과 알 수 없는 농사일이 이것저것 많았다. 하지만 도시에서 시집 왔다고 그러셨는지 어머님은 나를 절대로 논밭으로 데리고 나가지 않으시고 부엌일만 하도록 하셨다.

그날도 들일로 바쁘신 어머님을 대신해서 부엌에서 혼자 내내 저녁 준비를 했다. 밥 짓는 구수한 냄새를 맡고 마루 밑에 기거하는 누렁이가 꼬리를 살랑거리며 부엌으로 슬슬 기어들어 왔다. 보면 볼수록 귀엽게 생긴 누렁이는 눈이 아래로 쳐져서 순둥이처럼 보였다. 부엌에서 바삐 움직이는 나를 보던 누렁이가 꼬리를 흔들어 대다가 구석에 가서 얌전하게 앉더니 콧구멍을 벌름거렸다.

고슬고슬 지어진 밥을 뜸 들이는 사이에 마당 앞에 탐스럽게 열린 가지를 두어 개 툭 따다가 김이 모락모락 나게 쪄서 조물조물 무쳤다. 오이는 가지런히 채를 썰어 냉국을 만들었다. 사실 이런 일들이야 어머님 일에 비하면 일이라고 견줄 수도 없을 테지만 왼손잡이인 나로선 새댁 시절에 칼질조차 서툴러서 진땀을 뺐다.

아궁이 반대쪽에 있는 자그만 석유 곤로 위에다 프라이팬을 올린 후 달궜다. 할머님께서 좋아하시는 조기 두 마리를 노릇하게 구웠다. 그런데 조기 굽는 과정 또한 여간 힘든 일이 아니었다. 어머님의 프라이팬은 얼마나 오래되었는지 기름을 잡아먹는 기구였다. 기름이 조금만 모자라기라도 할라치면 조기 껍질이 홀랑 벗겨지고 몸통 부서지는 일은 다반사였다. 게다가

도시 출신 며느리의 실력으론 석유 곤로 불 조절 또한 만만치가 않아서 조기를 얌전하게 구워내기란 그야말로 쉽지 않았다.

하지만 그날따라 어쩐 일로 조기 모양이 하나도 흩어지지 않고 색깔도 먹음직스럽게 구워졌다. 기름을 넉넉히 두른 탓이기도 하고 한쪽이 충분히 지져진 다음 뒤집어서 그랬던 것 같다. 아무튼 장금이가 살아 돌아와 구워냈다고 해도 믿을 만큼 조기는 머리끝부터 발끝까지 노릇하게 구워져서 윤기가 자르르 흘렀다. 조기 대가리마저 매끈하게 포마드를 바른 남정네의 머리처럼 번들거렸다. 조기를 한 젓가락 집어 입 속으로 넣으면 잘 튀겨진 튀김처럼 바사삭 소리를 낼 것만 같았다. 조기 특유의 비릿함도 달구어진 팬에서 하늘 높이 올라가 냄새가 나지 않았다.

조기 두 마리를 잘 구워냈다는 자부심에 우쭐거리며 부뚜막 옆 평평한 곳에 밥상을 걸쳐두고 반찬과 수저를 가지런히 줄 맞춰 올렸다. 프라이팬에서 구워진 조기도 애지중지 다뤘다. 혹시라도 접시로 옮기다가 두 동강이 나지 않을까 조바심을 내며 수저 두 개를 이용해서 상전마마 받들듯 두 손을 벌벌 떨며 접시에 담았다.

석유 곤로에 국을 데우느라 냄비를 들고 잠시 밥상과 떨어졌다 돌아왔다. 그런데 아뿔싸! 조금 전에 밥상 위에 올려둔 조기 접시가 텅 비어있었다. 다른 반찬들은 밥상 위에 그대로 있었는데 조기 두 마리만 순식간에 없어지다니 귀신이 곡할 노릇이었다. 내가 구운 조기는 도대체 어디로 갔단 말인가!

황당한 마음으로 부엌 이쪽저쪽을 서성거리고 있는데, 구석에 앉아 있던 누렁이가 온데간데없었다. 순간 설마 하는 마음으로 "누렁아!" 하고 크게 불렀으나 내 꽁무니를 쫄랑대며 따라다니던 누렁이의 인기척이 없었다. 아니 누렁이는 또 어디로 갔단 말인가!

허리를 구부리고 마루 밑을 들여다봤다. 마루 깊숙한 곳에 누렁이가 있었다. 수염 옆에 생선 가시를 묻히고 기름이 묻어 번들번들 윤기 나는 주둥이와 코를 연신 핥아대고 있었다. 아이쿠야! 할머님과 어머님께 드릴 조기를 마파람에 게 눈 감추듯 먹어치워 버리다니, 그것도 두 마리씩이나. 화나는 마음을 억누르느라 씩씩거리며 누렁이를 향해 "어서 이리 나와!"라며 호통을 쳤다. 누렁이는 나에게 약을 올리듯 연신 혀를 날름거렸다.

어떻게 구워낸 조기인데 하는 생각에 더욱 아까운 마음이 들었다. 하는 수 없이 조기 두 마리를 다시 구웠다. 급한 마음으로 조기를 구우려니 모양새가 흩어지고 말았다. 한쪽 면이 익지도 않았는데 조기를 뒤집으니 껍질이 홀랑 벗겨져 버렸다. 입에서 거센말이 나오려 하는 걸 간신히 참았다. 명색이 새댁인데 험한 말을 입에 담을 수는 없지 않은가.

조기를 다시 구우면서도 아무리 짐승이라고 해도 어떻게 이렇게 버르장머리 없는 행동을 할 수 있는 건지 도저히 용서할 수 없었다. 모양 사납게 조기를 구워내고 나니 조금 전까지 으쓱거리던 마음이 쪼그라드는 것 같았다. 어찌 되었든 구워진 조기를 설강 높은 곳에 얹어두고 다시 마루 밑으로 고개를 들이밀었다.

양의 탈을 쓴 늑대처럼 누렁이에게 손을 까불면서 "누렁아 어서 이리 나와"라며 부드러운 말투로 살살 꼬드겼다. 누렁이가 마루 밑에서 나오기만 하면 붙잡아서 왜 그랬냐고 엉덩이라도 한 대 철썩 때려주려고. 하지만 누렁이는 내 속마음을 훤히 알고 있다는 듯 마루 밑에서 한참이 지나도록 나오지 않았다.

밥때가 넘었는데도 들에 나가신 어머님은 왜 이리 안 오시는지 은근히 속으로 서운했다. 어머님만 일찍 돌아오셨어도 조기는 누렁이 밥이 안 되었을 텐데. 부엌에서 죽이 끓는지 밥이 끓는지 아랑곳하지 않고 안방에서 태연히 티브이를 보며 누워계신 시할머니에게도 은근히 화가 났다. 동네 끝에 사는 친구를 만나고 온다며 나가버린 그이도 미웠다. 내 곁에서 조기 좀 지켜주지 뭐 하느라 이제껏 안 돌아오나 하는 생각에 속이 상했다.

식사 시간에 할머님과 어머님, 그이와 내가 둘러앉은 밥상 앞에서 조기를 훔쳐 먹은 누렁이에 대한 미움이 떠나질 않았다. 화난 마음으로 껍질이 홀랑 벗겨진 모양새로 밥상 위로 냉큼 올라앉은 조기를 쳐다보며 강아지 주인인 어머님께 누렁이의 잘못을 일러바쳤다. 내 말을 듣고 어머님께서 누렁이에게 혼쭐을 내주시면 화나는 마음이 조금은 누그러질 것 같았다. 몹쓸 강아지라고 큰소리로 누렁이에게 야단쳐 주길 바라던 나에게 어머님께서 말씀하셨다.

"그렇게 니가 간수 좀 잘 허지 그랬냐. 짐승이 뭐슬 안다고. 사람이 조심을 혀야지."

속상한 내 맘은 아랑곳하지 않는 어머님의 말씀을 듣던 할머니는 그저 허허거리며 하회탈처럼 웃기만 하셨고 그이도 할머니를 따라 히죽히죽 웃어댔다.

아! 진짜 여기 시골엔 모두 누렁이 편만 있나 보다는 생각이 들었다. 밥상 앞에 둘러앉은 식구들에게 서운한 마음이 들었다. 하지만 그런 감정도 잠시 설거지하는 내내 내가 잘못했나 보다는 생각이 머릿속을 뱅뱅 맴돌았다. 어머니 말씀대로 내가 간수를 잘했어야 했는데 강아지를 믿은 내 잘못이었다.

얼마 뒤 어머니의 부엌은 입식 부엌으로 고쳐지고 강아지는 부엌에 더 이상 한 발짝도 들여놓을 수 없었다. 누렁이는 그저 지글지글 구워지는 조기 냄새만 밖에서 실컷 맡다가 내가 던져 주는 조기 대가리와 가시만 겨우 받아먹었다.

그 뒤로 시골에 갈 때마다 누렁이에게 음식 찌꺼기만 먹였 다. 가끔 측은한 마음이 들기도 했지만 '그래도 너는 조기를 두 마리나 온전히 먹은 적 있는 강아지잖아. 옛날에 할머니네 식 구들은 한 상에 조기 한 마리를 올려놓고 온 식구가 먹었대.'라 며 누렁이에게 미안한 마음을 달래곤 했다.

재료

조기, 밀가루, 해바라기유 또는 콩기름

1. 소금에 절여진 조기는 물에 살짝 씻어서 꼬리와 지느러미를 가위로 싹둑 다듬고 물기를 쪽 빼준다.

2. 조기 몸통에 하얀 밀가루를 꼼꼼히 분칠해 준다.(조기를 구웠을 때 껍질이 바삭하고 부서지지 않게 하는 어머님의 방법이다.)

3. 팬을 따끈하게 달군 다음, 기름을 두르고 지글지글 기름 끓는 소리가 나면 조기를 넣고 약 불에서 한쪽 면이 노릇하게 익을 때까지 기다린다.

4. 뒤집어서 나머지 면도 노릇하게 익혀준다.(자주 뒤적거리지 말 것!)

매운맛 빼기 ────────────── 열무김치

　　　　　　　죽을 때까지 현역 작가로 남기를 소
망했던 박완서 작가를 좋아한다. 불혹이라는 늦은 나이에 글을
쓰기 시작한 그녀의 늦은 출발이 멋져 보였다. 그녀의 글은 소
박하면서도 알차고 단순하면서도 탱글탱글한 탄력이 있다. 모
진 삶을 살아오면서 새겨진 아픔의 흔적을 풀어내고자 글을 쓰
기 시작했으면서도 그녀의 글은 아픔과 상처조차 절제되어 있
다. 또한 사회의 구조적인 부당함에 대해 신랄하게 비판하면서
도 글 속에 매운맛이라곤 찾아볼 수 없고 세상을 바라보는 따
뜻한 시선이 담겨 있다. 열무의 매운맛을 빼고 담은 열무김치

처럼 그녀의 글은 독자의 마음을 자극하지 않고 아삭거린다.

돌아가신 시어머님께서는 오랫동안 우리 집 김치를 담아주셨다. 내가 50대 중반이 되어서야 김치를 담기 시작했으니 25년이 넘도록 우리 집 김치를 담아주신 것이다. 어머님께서 담아주신 김치 종류는 실로 다양했다. 배추김치, 열무김치, 고들빼기김치, 오이지, 파김치, 가지김치, 깍두기 등등. 계절마다 텃밭에서 기른 채소를 뽑아 담아주시는 어머님의 김치는 정성이 가득했다.

언젠가 어머님 곁에서 열무김치 담는 모든 과정을 지켜본 적이 있다. 대부분은 미리 김치를 담아두셨는데 그날은 바쁜 일이 있으셨는지 어머님 댁에 도착하니 열무를 밭에서 뽑아 우물가에 쌓아두셨다. 지금에 와서 생각해 보면 어머님은 혼자서 밭일이며 논일을 모두 하셨기 때문에 농사일로 바쁜 시간 위를 달릴 때가 있었다. 하지만 나는 농사일을 해본 적이 없다는 이유로 어머님의 바쁜 일상으로 들어갈 생각은 아예 못 했던 것 같다.

어머님께서 바쁘던 날, 우물가에 쌓아둔 열무는 싱싱했는데 잎사귀 앞 뒷면에 잔털이 수북했다. 열무의 머리에는 갓난아기 손가락만큼 작고 가느다란 뿌리가 달려 있었다. 어머님께선 열무를 손으로 무심하게 뚝뚝 자르시더니 물에 넣고 씻었다. 깨끗하게 씻은 열무를 커다란 고무 대야에 담은 후, 눈처럼 하얀 소금을 두어 주먹 듬뿍 뿌린 후 채반으로 덮어두셨다.

열무가 소금에 절여지는 동안 장독대에 있는 커다란 항아리에서 바싹 마른 고추를 한 바가지 꺼내오셨다. 나는 강아지처럼 어머니 꽁무니를 졸졸 따라다니며 무엇을 도와드릴 수 있을까 눈치를 살폈다. 하지만 어머님께선 결코 나를 조수로 쓰지 않으셨다. 어머님 눈엔 그저 며느리인 내가 나이를 먹어도 서툰 새댁으로만 보이는 것 같았다. 김치 담는 일은 새댁에게는 힘들고 어려운 일이기 때문에 오직 당신만이 할 수 있는 일이라 생각하시는 것 같았다.

바삭하게 마른 고추를 손으로 잘라 씨를 빼신 어머님은 고추를 물에 잠시 불린 다음 확독에 넣고 득득 가셨다. 믹서기를 사용하는 나로선 작은 돌멩이를 이용해서 두 팔로 고추를 가는 기술은 발 벗고 뛰어도 따라잡을 수 없을 것 같았다. 어머님의 두 팔이 확독 위에서 원을 그릴 때마다 고추가 뭉개지며 붉은 물감을 짜놓은 것같이 걸쭉한 상태가 되었다. 그 위에 마늘, 생강, 밥을 넣고 조금 더 갈다가 조선간장으로 농도를 맞추셨다.

김치를 버무릴 양념을 준비하고 나니 열무는 소금에 절여져

뻣뻣한 상태라곤 온데간데없어
지고 매듭을 묶어도 될 만큼 유
연해졌다. 이렇게 유연해진 열
무를 어머님께서 갑자기 빨래

빨듯 빡빡 주무르기 시작했다. 나는 깜짝 놀라 "어머니 그렇게
하면 풋내나지 않아요?"라며 아는 척 했다.

　이상한 표정을 짓는 나에게 소금에 절인 열무를 이렇게 빨래
하듯 주물러주면 매운맛이 빠져나온다고 하시던 어머님은 여
러 차례 주무른 열무를 헹구어 물기를 뺀 다음 고추 양념에 버
무려 내셨다. 막 버무린 열무김치는 풋내도 전혀 없고 숙성시
키지 않아도 바로 먹을 수 있었다. 어머님께서 담아주신 열무
김치는 순한 맛이면서도 아삭한 식감 때문에 여름 내내 식탁
위에 오르는 훌륭한 밑반찬이 되었다.

　열무의 매운맛을 빼고 담아주신 어머님의 열무김치처럼 내
가 쓰는 글도 소금에 절이고 주물러서 매운맛을 빼내면 좋겠
다. 누군가에게 쓴소리를 하고 싶거나 언짢은 감정이 남아 있
을 때 글을 쓰면 글 속에 매운 감정이 섞인다. 불편한 마음을
글로 써내는 과정은 감정의 찌꺼기를 쏟아내는 과정이고 치유

의 과정이라 생각한다. 하지만 글을 쓰는 과정을 통해 글쓴이의 마음은 후련해질지 모르나 그 글을 읽는 사람의 마음은 매운맛 때문에 불편해지고, 매운맛 때문에 속이 아린다.

　나만 보는 일기를 쓰는 경우라면 글에서 매운맛이 나든 짠맛이 나든 무슨 상관이 있으랴. 단지 소수든 다수든 누군가가 읽는 글을 써낼 때는 열무를 소금에 절이는 과정처럼 오래오래 생각하는 시간을 가져야 할 것이다. 절인 열무를 박박 문질러 매운맛을 빼내는 과정처럼 써놓은 글을 고치고 또 고치며 가다듬어야 할 것이다. 열무의 매운맛을 빼고 담아주시던 어머님의 열무김치처럼 내 글도 쓸 때마다 박박 주물러 매운맛을 빼내고 싶다.

재료

열무 1단, 천일염, 고추 양념(붉은 생고추 10개, 양파 작은 것 3개, 액젓, 새우젓, 매실청, 통깨) 고춧가루 2큰술.

<열무의 매운맛 빼기>

1. 열무를 손질한 뒤 켜켜이 소금을 뿌린 후 물을 두세 컵 골고루 부어준다.

2. 30분 간격으로 열무의 위치를 위아래로 바꾸어 준 뒤 열무의 줄기 부분을 구부렸을 때 끊어지지 않고 부드럽게 구부려질 때까지 푹 절인다.(2시간 정도)

3. 잘 절인 열무를 빨래 빨듯 박박 주물러 준 다음 깨끗한 물로 여러 번 헹구어 매운맛을 뺀다.

<열무김치 담그기>

1. 생고추를 믹서기에 넣고 매실청: 액젓: 새우젓의 비율을 1:1:1로 넣은 다음 양파와 마늘 생강도 넣고 갈아준다.

2. 잘 갈아진 고추 양념에 고춧가루와 찹쌀 풀, 통깨를 적당히 넣고 섞어 준 다음 물기 빼둔 열무와 얇게 썬 양파를 넣고 버무려 낸다.

이제는 말할 수 있다 _____ 미나리나물

       신혼 시절을 떠올리면 웃음이 절로
나온다. 새살림을 시작하게 되면서 저질렀던 이런저런 실수 때
문이다. 주말 점심에 신랑에게 김치찌개 끓여주려 했다가 김치
볶음 만든 일, 애써서 반찬 만들고 국 끓여 상에 올렸는데 밥솥
에 생쌀이 그대로 있어서 난감했던 일, 설탕 대신 소금 통에 넣
어둔 맛소금을 넣어 짭조름하게 만든 커피를 자신만만하게 남
편 친구들에게 들이밀었던 일 등등.

  지금이야 눈 감고도 할 수 있게 된 일들이 그땐 왜 그리 서툴
렀는지, 요즘 새댁인 며느리와 딸은 처음 해 먹는 음식도 뚝딱

뚝딱 잘 해내는 것을 보면 신혼 시절의 나는 무지렁이였다는 생각이 든다. 물론 요즘 새댁들이야 어떤 음식이든 검색만 하면 만드는 법이 여기저기 나와 있으니 나의 새댁 시절과는 다른 환경이라 그러는 것이겠지만 말이다.

신혼 때 있었던 일 중 오래도록 비밀에 부쳐둔 사건이 하나 있었다. 결혼하고 신혼집에 와보고 싶다던 친구들을 집으로 초대했다. 전화 한 통이면 배달 음식으로 상을 가득히 채울 수 있는 요즘이라면 무슨 어려움이 있을까? 하나에서 열까지 손수 음식을 만들어야 했던 그때 메뉴를 정하고 준비할 재료의 목록을 뽑는 것만으로도 긴 시간이 걸렸다.

그때 당시에는 집에서 탕수육을 튀겨내는 것이 유행이었던 시절이라 정육점에 들러서 돼지고기를 사고 잡화점에서 녹말가루, 밀가루, 콩기름을 샀다. 손님 초대 상에 잡채는 기본이었으니 당면, 시금치, 당근, 버섯 등등의 재료도 샀다.

이런저런 재료들을 양손 가득 들고서 돌아 나오는데 시장 어귀에 길쭉하게 묶여있는 미나리 다발이 보였다. 메모장에는 없었지만 미나리 한 단을 샀다. 미나리를 들고 집으로 돌아오면서 할 일도 많은데 미나리를 괜히 샀나 싶은 생각이 들었지만 파릇한 나물 하나쯤 상에 올리면 좋겠다는 생각이 들었다.

다음 날 일찍부터 탕수육을 만들었다. 어찌나 과정이 복잡한지 좁은 싱크대가 난장판이 되었다. 친구들이 들이닥칠 시간까지 시간이 얼마나 남았는지 가늠하며 바쁜 마음으로 잡채를 만들고, 국을 끓이고, 밥을 하고 나서 뜨거운 물에 미나리를 데쳤다. 삶아 놓은 미나리 색감이 어찌나 싱그러운지 비단실에 초록색 물을 들여놓은 것처럼 고왔다. 데친 미나리를 찬물에 씻어 숭덩숭덩 잘라서 물기를 꽉 짰다. 볼에 물기 짠 미나리를 담고 마늘과 조선간장, 참기름, 깨소금을 적당히 넣고 조물조물 무쳤다. 간이 싱거운지 짠지 한 가닥 입에 넣고 오물거리니 향긋한 미나리 향과 고소한 참기름 냄새가 어우러져 엄마가 무친 나물처럼 맛있었다.

서둘러서 조기까지 굽고 나니 딩동! 초인종을 누르며 친구들이 몰려들었다. 접시 가득 탕수육과 잡채를 담고 미나리나물, 조기구이, 소고기뭇국에 하얀 쌀밥까지 넉넉하게 담아냈다. "이걸 네가 다 했어?" "와~" 차려진 밥상 앞에서 친구들의 과한 반응에 어깨가 으쓱해졌다. 친구들은 접시 바닥이 보일 때까지 음식을 먹으며 신나게 떠들다 돌아갔다. 무엇보다 음식을 거의 남기지 않은 것을 보면서 집들이 음식은 대체로 성공했다는 생각이 들었다.

친구들이 먹고 돌아간 밥상을 보며 긴장이 풀렸지만, 설거지가 남았으니 쉬고 싶은 마음을 접고 설거지통에 빈 그릇을 하나씩 날랐다. 국 대접과 밥공기, 탕수육이 담긴 접시와 잡채 접시까지 옮긴 후, 미나리나물을 담았던 접시를 옮기려는데 접시 위에 까만 콩같이 생긴 조그만 알갱이가 서너 개 흩어져 있었다.

'이게 뭘까?' ' 미나리 무칠 때 구슬을 넣고 무친 것도 아닌데 왜 알갱이가 여기 있는 걸까?'

이리 기웃 저리 기웃하면서 한참을 갸우뚱거리다가 젓가락으로 동그란 것을 쓱 눌러보았다. 콩알처럼 동그란 알갱이는 젓가락에 힘없이 뭉개졌다.

자세히 들여다보니 에구머니나. 검정 알갱이들은 바로 미나리가 데쳐질 때 함께 데쳐져 동그랗게 말린 거머리의 시체였다. 순간 징그러운 생각에 온몸이 오싹거리는 것을 참으며 남편에게도 먹이려고 한 접시 남겨놓았던 미나리나물을 쓰레기통에 가차 없이 버렸다. 미나리를 버린 접시 위에도 까맣고 동글동글한 알갱이가 웅크리고 앉아 있었다.

뜨거운 물에 익었으니까 거머리가 살아날 일은 없었다. 하지만 쓰레기통에 버리면 다시 살아나서 여기저기 굼덕굼덕 기어

다닐 것만 같아 소름이 끼쳤다. 거머리 시체가 놓인 접시를 들고 화장실로 향했다. 변기 뚜껑을 들고 거머리를 탈탈 털어 넣고 물을 여러 번 내리자 그제야 소름 돋았던 마음이 조금 가라앉았다.

설거지를 마치고 친구들에게 한 명씩 전화를 걸었다. 미나리나물 안에 거머리가 있었다는 얘기는 차마 꺼내지 못하고 그냥 잘 돌아는 갔는지, 무슨 선물을 그리 비싼 걸 사 왔냐는 얘기만 하고 전화를 끊었다. 친구 중에는 임신한 친구도 있었는데 이 사실을 알게 되면 웩웩거릴 것 같아서 절대로 말할 수 없었다.

미나리나물은 데치기 전에 미나리 안에 있는 거머리를 제거해야 한다는 사실을 그때 알았다. 그 뒤로 친구들에게 언젠가는 꼭 털어놓아야지 생각만 하다가 시간이 많이 흘러버렸다. 그러다 친구들도 나도 아이들을 모두 결혼시키고 나서야 '이제는 말할 수 있다'라는 마음이 들어 그때의 일을 조심스럽게 얘기했다.

"애들아. 신혼 때 우리 집 집들이에 너희들이 왔었잖아. 그때 말이야. 미나리나물에 거머리를 같이 삶아서 무쳤지 뭐야."

친구들은 어리둥절한 표정으로 뭔 소리를 하느냐고 했다. 그때 한 친구가

"푸하하" 웃으며

"나도 알고 있었어. 그때 내가 미나리나물을 많이 먹었는데 접시에 까만 알갱이가 있는 거야. 순간 거머리라는 생각이 들어 오싹했는데 새댁인 네가 당황할까 봐 모르는 체했어."

"너도 알고 있었어?"

눈이 휘둥그레 커지는 나를 보며 친구들은 그게 뭐 어때서라는 반응을 보였고

"그때 모두 별일 없었잖아"라며 오히려 나한테 별걸 다 기억하고 있다고 나무랐다. 검은 알갱이가 거머리라는 것을 알았던 친구는 얼마나 당황스러웠을까? 또 친구들에게 얼마나 얘기하고 싶었을까? 삼십 년이 넘도록 내가 말을 꺼낼 때까지 기다려준 친구를 보며 친구란 미숙한 허물까지도 덮어주는 이불이라는 생각이 들었다. 살아가는 날 동안 포근히 덮어주는 묵직한 이불 말이다.

재료

미나리, 조선간장, 마늘, 참기름, 통깨

1. 미나리를 식초에 담가 거머리를 제거한다.

2. 펄펄 끓는 물에 미나리를 데친다.(30초 정도)

3. 데친 미나리를 먹기 좋은 크기로 잘라 간장, 마늘, 참기름, 통깨
를 넣고 조물조물 무친다.

부부의 세계 시래깃국

　　　　　　　　매서운 추위가 기승을 부렸던 날,
친구들과의 만남을 위해 집을 나섰다. 두꺼운 코트에 목도리까
지 칭칭 감고 약속 장소로 향했다. 식당이 있는 건물 입구로 들
어서니 엘리베이터 앞에 총무를 맡은 친구가 서 있었다. 친구
는 한껏 멋을 내느라 그랬는지 까만색 코트에 무릎까지 닿는
치마를 입고 손목엔 털 달린 가죽 장갑을 끼고 있었다.

　잘 지냈냐는 인사를 나누며 엘리베이터를 타고 올라가면서
"웬일로 이런 비싼 식당에서 모이는 거야?"라고 슬쩍 물었더
니, 한 친구가 한 번쯤은 고급스러운 식당에서 모이는 것도 좋

겠다며 추천했다고 했다. 특별한 날도 아닌데 굳이 이렇게 비싼 식당에서 만날 필요가 있을까 하는 생각이 들었지만 아무 말 하지 않고 식당 안으로 들어갔다. 한 달에 한 번 만나는 것이니 어디서 만나면 어떻고 무엇을 먹은들 무슨 상관있을까. 그저 한 달 동안 서로 어떻게 지냈는지 친구들의 얘기가 궁금했다.

레스토랑에는 화려한 샹들리에 밑으로 기역 자로 된 샐러드 바가 있었다. 샐러드 바 위로 해산물, 바비큐, 중식, 양식의 음식들이 즐비하게 늘어서 있어서 화려했다. 샐러드 바를 지나 예약된 룸으로 안내받아 들어갔다. 친구들은 이미 도착해서 우리를 환하게 맞이해 주었다. 총무와 내가 겉옷을 벗고 자리에 앉자 어서 맛있는 음식을 가져다 먹자며 한 친구가 재촉했다. 우리는 비단처럼 번들거리는 바닥을 얌전하게 걸어서 음식이 늘어선 샐러드 바 앞으로 다가갔다.

뷔페로 차려진 식당에서 음식을 먹다 보면 적게 먹으면 손해를 보는 것 같아 욕심껏 먹게 된다. 또 다양한 음식을 골고루 맛보고 싶은 충동을 억제하기 어렵다. 이러한 이유로 뷔페 식당에서 음식을 몽땅 먹고 나서 소화 시키느라 고생을 한 적이 여러 번 있었다. 그래서 이번에는 어리석게 굴지 말자 단단히 마음먹었다.

최대한 여러 가지 음식을 맛보되 많이 먹지는 말아야지 생각하면서 하얀 접시 위에 양 갈비와 차돌박이 샐러드를 조금씩 담았다. 초밥은 1개, 연어회 3점, 그리고 내가 좋아하는 해삼탕과 버섯탕수육 한 주걱씩을 담으니 어느새 접시가 가득했다. 바로 앞에서 음식을 담고 있는 친구의 접시를 보니 이것저것 많이 담아서 내 접시보다 더 수북했다. 접시에 담긴 음식을 떨어뜨리지 않으려고 살금살금 걷는 친구 뒤를 따라 자리로 돌아와 음식을 먹고 있는데 주문한 안심스테이크가 나왔다. 한 손엔 포크를 다른 한 손엔 나이프를 들고 스테이크를 잘라 먹었다. 다들 고기가 부드럽고 맛있다며 스테이크 접시를 순식간에 비워냈다. 다시 샐러드 바를 오가며 접시에 음식을 담다 먹고 나니 배가 불렀다. 한 접시는 더 먹어야 한다는 친구의 재촉에 몇몇 친구들이 다시 접시에 음식을 담아왔다. 하지만 다들 먹는 속도가 느려졌다. 친구들의 먹는 속도를 살피던 친구가 과일을 가져오더니 한 조각씩 나눠 먹자고 내밀면서 다들 그동안 어떻게 지냈느냐고 물었다.

다들 별일 없이 잘 지냈다는 끄덕임 뒤로 활달한 화영이가 말머리를 낚아챘다.

"있잖아. 나 요즘 또 권태기인가 봐. 우리 남편 정말 미워죽겠어."

화영이는 코를 찡긋거리며 말했다. 우리는 모두 무슨 일이 있었길래 또 저러나 싶어

"왜 또 그래. 지난달엔 권태기가 지나간 것 같다더니"

라며 화영이를 놀리듯 말했다.

"글쎄, 어제 있잖아. 아들 먹으라고 사과를 깎아놓았더니 남편이 다 먹어버리는 거 있지? 어쩜 그러니. 나는 애들 주려고 준비해 둔 걸 남편이 먹으면 정말 싫더라. 자기 손으로 깎아 먹으면 될 것 아니야."

화영이 말이 끝나자마자 숙희가 고개를 끄덕이며 뒤를 이었다.

"나도 민수 주려고 주스를 따라놓으면 꼭 민수 아빠가 먼저 마셔 버린다니까. 자기 손으로 직접 따라 먹으면 되잖아. 왜 민수 거를 먹는지 모르겠어. 진짜."

숙희 말이 끝나자 나와 친구들은 손뼉을 치며 서로 얼굴을 바라보며 웃었다. '나도 그래' '나도 그래'라고 대답하는 것처럼 말이다.

아이들이 둘 다 결혼해서 요즘은 남편과 둘이 지내는 시간이 많아졌다. 나보다 먼저 자녀들을 출가시킨 친구가 '너희 이

제 다시 신혼이야.'라고 말했다. 신기하게 친구 말처럼 많은 일들을 신혼 시절처럼 남편과 둘이 하게 되었다. 밥을 먹을 때도, 차를 마실 때도, TV를 볼 때도, 산책할 때도 둘이 도란도란 얘기를 나눈다.

생각해 보면 신혼 때 남편과 이렇게 둘이 함께 지내는 시간이 많지 않았던 것 같다. 젊었기 때문에 이루어야 할 일들이 많아 둘만의 시간을 즐길 여유가 없었기 때문이었을 것이다. 결혼하고 얼마 지나지 않아 아이를 낳게 되었기 때문이고, 아이들이 태어난 이후로는 남편보다 아이들 위주로 나의 모든 일상이 돌아갔기 때문이기도 했을 것이다. 지금 생각하면 왜 그리 아이들만 죽어라 생각하며 지냈나 싶을 정도로 말이다.

어제, 또 다른 친구들과 모임이 있었다. 어은골 주변에 있는 식당에서 나물밥에 된장찌개를 먹었다. 뷔페처럼 화려한 식당보다 한 끼 식사로 소박한 음식이 이제는 좋다며 다들 만족하다고 했다. 친구들도 이제 나이를 먹어가다 보니 먹고 나서 속이 편한 음식을 더 좋아했다. 식사를 마치고 주변에 조용한 찻집에 둘러앉아 도란도란 얘기를 나누다가 작년 봄에 암으로 남편을 먼저 떠나보낸 친구가 말문을 열었다.

"자식들 결혼시키고 나니 다 소용없더라. 키울 땐 내가 자기들 편만 죽어라 들어줬는데 시집장가가더니 제 마누라, 제 남편밖에 모르더라. 세상 이치가 다 그렇다지만 그래도 가끔은 서운하더라."

갑자기 적막이 흘렀고 나 역시 할 말을 찾지 못하고 있었다.

"내 맘 몰라준다고 서운해하며 잔소리해 대도 그냥 웃어넘기며 내 곁 지켜주던 사람은 남편뿐이더라."

친구는 결국 참았던 눈물을 주르르 쏟아냈다. 친구의 말을 듣던 우리는 고개를 끄덕이며 너도, 나도 입속으로 작게 웅얼거렸다.

"그래 네 말이 맞아. 나도 이제야 너하고 같은 생각이 들더라."

라고 맞장구치며 친구의 울음이 멈추길 기다렸다.

소중한 그 무엇을 잃고 나서야 아쉬워하는 어리석음은 누구에게나 있다고 하지만 친구의 눈물 속에 담긴 그 몇 마디가 큰 울림을 주었다. 애들만 죽어라 생각하지 말고 남편에게 더 많이 신경 쓸 것을 그랬다는, 내 곁을 지켜주는 사람은 뭐니 뭐니 해도 남편이었다던 친구의 울음 섞인 그 말이.

집에 돌아오는 길에 이것저것 저녁 찬거리를 사면서 들깻가루도 샀다. 저녁 식탁에 시래깃국을 끓여 올리려고. 시래깃국은 남편이 가장 좋아하는 국이다. 아마도 어린 시절 어머님께서 시래깃국을 자주 끓여 주었기 때문인 것 같다. 시래깃국을 끓이기 위해 냄비에 물을 부은 다음 된장에 치대 얼려둔 시래기와 코인 육수를 서너 알 넣고 끓였다. 국이 끓는 동안 아까 친구들과의 대화를 떠올리니 이런저런 상념이 떠올랐다.

부부의 연을 맺고 동반자가 되어 함께 살아가는 동안 어찌 좋은 날만 있을까. 또 내 마음에 쏙 드는 배우자가 이 세상에 어디 있을까. 그저 살아온 세월 속에서 울고 웃으며 넘었던 인생의 고비들, 긴 세월 치열하게 부딪히며 갈고 닦여서 이제는 매끄러운 돌멩이가 된 남편과 아내. 누구의 아빠 누구의 엄마로서가 아니라 서로의 든든한 울타리가 되어 핑크빛 사랑의 감정을 넘어선 진한 우정으로 살아가는 아내와 남편. 이것이 흰머리 부부의 세계라는 생각이 들었다.

시래깃국이 어느새 펄펄 끓어올랐다. 들깻가루를 넣고 좀 더 끓이다가 조선간장으로 간을 맞추고 다진 청양고추, 다진 파, 마늘을 넣고 한소끔 더 끓인 다음 불을 껐다. 그이가 퇴근하고 와서 "각시야! 맛있는 냄새 나는데?"라며 환하게 웃을 모습이 떠올랐다. 부부로 살아가면서 주어진 시간 속에서 서로를 더 깊이 들여다보고, 더 깊은 대화를 나누며, 의지하는 것은 어떤 일이 있어도 부부로 살아갈 것을 굳게 약속하던 첫 순간의 기억을 잊지 않았기 때문일 것이다.

'이 세상을 살아가는 동안 기쁠 때나 슬플 때나 건강할 때나 병들었을 때나 부유하거나 가난 할 때라도 서로 믿고 존경하며 부부의 도리를 성실히 이행할 것을 약속한다.'라는 빛바랜 첫 약속을 끄집어내 본다. 서로에게 최선을 다하지 못한 순간은 가슴 깊이 묻어두고 이 세상 소풍 끝나는 날까지 친구로 보호자로 손잡고 함께 걷는 아내이고 남편이길 소망한다.

주먹구구식
요리법

재료

된장에 치대서 얼려둔 시래기 1봉지, 들깻가루 3~4 큰 술,
마늘 5알, 물 1.5 리터, 코인 육수 매운맛 2알, 코인 육수
일반 맛 2알, 들기름 1 큰 술.

1. 된장에 치대 꽁꽁 언 시래기를 냄비에 넣고 물 1.5 리터를 부어
준다.(물의 양은 시래기의 양에 따라 가감한다.)
2. 시래기가 팔팔 끓을 때까지 센 불에서 끓인 다음, 코인 육수를
넣어주고 약한 불로 줄인다.
3. 코인 육수가 녹으면 들깻가루와 마늘을 넣고 저어가며 좀 더 끓
여준다.
4. 시래깃국이 다 끓었으면 불을 끄고 압착 들기름 1 큰 술을 넣고
불을 끈다.

5장

새로운 맛

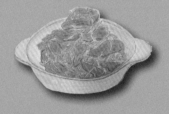

수집의 미학 _____ 독일식 양배추 김치

          여행지마다 그 지역을 상징하는 장식품이 있다. 나는 이런 물건을 수집하기 좋아한다. 그러다 보니 여행할 때마다 여행했던 곳의 기념이 될 만한 장식품을 꼭 한 개씩은 집으로 데리고 온다. 장식품을 살 때 나름의 원칙이 있는데 그것은 크기가 너무 크지 않아야 한다는 것이다. 너무 커서 보관하기가 어려워서는 곤란하기 때문이다.

    쉔부른 궁전 기념품 가게에서 구입한 엘리자베스 공주 인형은 길이가 14.8센티로 우리 집에 있는 장식품 중 키가 두 번째로 크다. 공주 인형은 잘록한 허리를 자랑하며 금박 무늬가 촘

촘히 박힌 하얀 드레스를 입고 있다. 엘리자베스 공주 인형을 볼 때마다 궁전을 돌면서 눈이 휘둥그레졌던 그때의 시간과 장소가 떠오른다.

세비아에서 산 집시 인형은 가슴이 훅 파진 빨간 주름 원피스를 입고 있다. 오른손엔 하얀 부채를, 왼손엔 캐스터네츠를 들고 춤추고 있는 인형을 보고 있으면 플라멩코를 추며 리듬감 있게 탭댄스 추던 집시 여인의 정열적인 몸놀림이 생각난다.

파리의 어느 골목에서 산 미니 에펠탑에선 센강의 강물 냄새가 난다. 까만 밤에 센강을 환히 밝히던 에펠탑의 화려함과 환한 대낮에 에펠탑 앞으로 유유히 흐르던 센강 주변의 푸른 잔디밭도 떠오른다.

청동으로 만들어진 낙타 모양의 등잔도 있다. 카파도키아 지역 데린쿠유에 있는 지하도시로 들어가는 입구에서 산 것 같다. 이 등잔을 바라보고 있으면 자유롭게 어디든 가는 요술램프 속의 요정이 떠오르고 금방이라도 램프 속에서 요정이 연기처럼 흘러나올 것 같아 흥미진진한 마음이 생긴다.

프랑스 스트라스부르 크리스마스 마켓에서 구입한 산타할아버지 인형은 빨간 모자를 쓰고 있다. 모자 밑으로 덥수룩한 수염이 풍성하게 달린 산타 인형은 사람들의 마음이 몽글몽글해지는 12월이 되면 식탁 위에 꺼내 놓는다. 그러면 오두막 모양의 크리스마스 마켓 상점들이 눈앞에 쫙 펼쳐지는 것 같고, 마켓을 둘러보며 마셨던 뱅쇼와 프랑스식 수육과 함께 먹었던 슈크르트의 새콤한 맛이 떠올라 침샘을 자극한다.

인터라켄의 워낭, 뉴욕의 자유여신상, 나이아가라 폭포의 상징물, 발렌시아의 미니버스, 베네치아의 은색 가면, 포르투의 납작한 기타, 바르셀로나의 파란 유리병, 루체른의 발레 오르골, 오사카의 방석 위의 고양이, 브라티슬라바의 도자기 꽃병, 하노이의 목각인형, 타이베이의 돼지 인형, 텍사스의 보석함, 모스크바의 마트료시카 인형, 오타루의 토끼 오르골, 하와이의 조개 장식품 등등……

내가 이곳저곳 여행지의 장식품 모으는 것이 취미인 줄 아는 아들과 딸 또한 여행할 때마다 들르는 곳의 장식품을 사다가 장식장을 채워준다. 장식장에서 한 자리씩 차지하고 있는 장식품들은 찍어놓은 사진처럼 여행지에서 지낸 시간을 상기시켜준다. 그중에서도 오스트리아를 여행할 때 할슈타트 마을의 벼룩시장에서 산 물병이 있는데 이것은 식탁 위에서 가끔 사용하기도 한다. 가녀리게 여린 여인의 몸매를 닮은 유리병은 키가무려 26.5센티나 된다.

잘츠카머구트 지역의 가장 안쪽에 있는 할슈타트 마을로 들어간 적이 있다. 푸른 호수와 산으로 둘러싸인 할슈타트는 오래된 집들이 그림 같아 보이는 곳이었다. 아기자기한 할슈타트 마을에 들어서니 마치 한 편의 동화 속으로 걸어 들어가는 것 같은 착각에 빠졌다.

남편과 나는 동화 속 주인공이라도 되는 듯 마을 안쪽으로 걸어 들어갔는데 동네 끄트머리에 자그만 창고처럼 보이는 집이 있었다. 집 안에는 파란 눈을 가진 키 큰 여인이 서 있었고 여러 가지 물건들이 바닥에 자유롭게 놓여있었다. 시장 구경하는 것을 좋아하는 그이는 결코 놓칠 수 없다는 표정으로 창고 안으로 내 손을 잡아끌었다. 나는 호수 주변을 한 바퀴 삥 돌면서 마을을 구경한 후 장식품들이 가득한 상점에서 예쁜 기념품을 고르고 싶었다. 하지만 그이 손에 이끌려 벼룩시장을 구경하게 된 것이다.

바닥에 놓인 물건들 앞에는 각각 값을 적어놓은 종이가 하나씩 놓여있었다. 10유로, 8유로, 15유로, 4유로 등등. 나는 혹시 손아귀에 들어갈 만한 자그만 기념품이 없을까 두리번거리다 제법 키가 크고 목이 길며 엉덩이가 방방하게 퍼져 여인의 몸매를 닮은 유리병을 보게 되었다.

병에는 직접 손으로 하나하나 섬세하게 그려 넣은 것 같은 꽃다발 그림이 있었는데 마치 들국화를 꺾어다 부케를 만들어 놓은 것처럼 보였다. 꽃다발 옆에는 tnneliese and peter라고 남녀의 이름인 듯한 글씨가 새겨져 있었다. 장식품으로 구입하기에는 키가 커서 적당하지 않았지만 왠지 자꾸 눈길이 갔다.

이 물병은 대체 어떤 사연이 있길래 벼룩시장에 나와 있는 걸까? 궁금한 마음으로 유리병을 들고 살피는데 병 아래쪽에 1989라는 숫자가 쓰여 있었다. 1989년은 우리 부부가 결혼한 해라서 나와 남편은 1989년이라는 숫자에 꽂혀 파란 눈을 가진 아줌마에게 15유로를 건네주고 물병을 데리고 왔다.

할슈타트에서 온 물병은 서양 여인처럼 키가 커서 자그만 장식품들과는 어울리지 않아 그릇을 넣어두는 주방의 장식장에 들어가 있다. 가끔 유럽의 분위기를 식탁에 올리고 싶을 때, 할슈타트에서 건너온 호리 날짱하게 생긴 물병에 레몬 한 조각을 넣고 생수를 담는다.

할슈타트 물병을 사용할 땐 서양의 양배추김치인 사우어크라우트도 돼지 목살로 쪄낸 수육과 함께 곁들인다. 잘 익은 양배추김치를 수육과 함께 먹으면 아삭아삭한 식감과 함께 맛의 조화로움이 줄리엣과 로미오의 만남처럼 격렬하다.

사우어크라우트 담는 방법은 아주 간단하다. 양배추를 잘게 채 친 다음 약간의 소금을 넣고 3시간 정도 푹 절인다. 절인 양배추는 손으로 빡빡 문지른 뒤 용기에 담아 익히는데 이 과정에서 충분히 문질러줘야 유산균이 많이 생긴다. 우리나라의 김치가 유산균 창고라면 양배추절임은 유럽 음식의 유산균 창고다.

주먹구구식
요리법

재료

양배추 1통(3kg), 소금 60g

1. 양배추를 얇게 채 썰어 준 다음 소금으로 간한다.
2. 2시간 정도 절인 양배추를 손으로 박박 주물러준다.
3. 소독해 둔 용기에 넣고 실온에서 1주 정도 익힌 후 냉장 보관한다.

우아하고 고귀하고 _____ 두부 새우 애탕국

　　　　　　　　태양의 이글거리는 색을 닮았다. 주
홍색으로 너울거리는 모습 앞에 서면 뜨거워서 데일 것 같아
주춤거리지만 살짝 손을 가져다 대보면 열기라곤 전혀 없다.
그저 바라보고 있으면 마음이 한없이 따뜻해진다. 빛깔이 화려
해서 금방이라도 질릴 법한데 한 달 보름 동안 날마다 바라보
아도 절대 질리지 않는다. 오히려 더 자꾸 그리고 오래 바라보
고 싶은 마음이 든다. 군자란 이야기다.
　딸내미가 고3이 된 지 며칠 지나지 않아 교실 환경 정리를
하는데 화분을 가져가기로 손을 들었다고 했다. 나는 어떤 식

물을 보내면 좋을까 고민하면서 화원으로 갔는데 화려하게 꽃이 피어있는 화분이 눈에 들어왔다. 내 마음을 사로잡은 화초는 짙은 초록색을 띠고 있는 넓적한 잎들이 양쪽으로 분수처럼 퍼져있었다. 그리고 초록이 짙은 잎 사이로 꽃송이들이 봉긋하게 솟아 있었다. 꽃송이들은 마치 하늘의 태양을 옮겨다 놓은 것처럼 눈이 부셨다. 어찌나 강렬하게 피어났는지 이 정도면 입시를 위해 전력 질주해야 할 딸과 반 친구들에게 등대가 되어줄 것 같았다. 나는 유레카를 외치며 군자란 화분을 학교로 배달시켰다.

학부모총회가 있던 날. 강당에 학부모들이 가득 모였는데 단상 위에 놓인 군자란 화분이 눈에 들어왔다. 주홍색으로 피어난 군자란꽃 때문에 강당은 실내인데도 해가 떠올라있는 것처럼 환한 느낌이 들었다. 어느 학부모가 나처럼 군자란을 학교에 보냈다고 생각했다. 입시 설명회를 마치고 딸의 담임선생님을 만났다. 담임선생님은 딸과 관련된 상담은 뒤로 미루고 내가 보낸 군자란이 어찌나 인기가 좋은지 행사만 있으면 이리저리 자리 이동을 한다고 했다. 어느 날엔 교장실에 가 있기도 하고 오늘은 강당으로 불려 갔다고 했다. 그래서 정작 자기 반 교실에 군자란이 서 있는 날은 며칠 안 된다고 투덜거리면서도 잘난 자식을 둔 어미처럼 우쭐거렸다.

　집으로 돌아오는 길에 화원에 들러 아기 군자란 한 포기를 3천 원 주고 사 왔다. 작은 포기는 잎이 대여섯 개 달려서 볼품없었지만 이걸 정성껏 키워서 반드시 꽃을 피워보리라 마음먹었다. 그때 왜 그런 마음이 들었는지 모른다. 단지 단골로 다니던 화원에 꽃을 피운 군자란이 없었기 때문에 이거라도…. 사들고 오면서 했던 생각이다. 그때 볼품없던 군자란은 13년이 지나는 동안 열세 포기로 불어났고 커다란 화분 세 개에 너덧 포기씩 나누어져 있다.

　한 해 두 해 지나자 군자란 잎사귀가 넓어졌다. 군자란은 이파리가 양쪽으로 7, 8장씩 달리게 되자 그때부터 꽃을 피우기 시작했다. 지난 십 년 동안 우리 집 군자란은 이른 봄이면 어김없이 주홍색 꽃을 활짝 피워냈다. 일 년 중 열 달은 넓적하고 짙푸른 잎만 달고 있어서 군자란 화분은 그다지 예쁘지 않다. 하지만 2월 10일경부터 한 달 반 정도는 정신이 아찔할 정도로 상서로운 기운으로 꽃을 피워낸다. 겨울의 끝자락을 붙잡고 올라오는 연둣빛 꽃대는 갓난아기의 발가락처럼 앙증맞고 귀엽다. 나는 꽃대가 올라오기 시작하면 물을 하루에 한 컵씩 부어주는데 그렇게 하면 꽃대가 이파리 위로 쭉쭉 뻗어 올라 꽃이 붉은 왕관처럼 피어난다.

아들이 대학에 합격하던 해에는 군자란이 어찌나 활짝 피었던지 군자란 때문에 좋은 결과가 온 것 같았고, 딸이 대학에 가던 해에도 군자란은 베란다를 주홍빛으로 가득 물들였다. 우리 아이들이 이런저런 시험에 통과할 때마다 거침없이 피어나던 군자란은 언제부턴가 우리 집 가화가 되었다. 아니, 내가 군자란을 우리 집 가화로 정해놓고 식구들에게 "우리 모두 군자가 되어봅시다."라고 강요했다. 그리고는 해마다 봄이 되면 군자란의 개화 소식을 매일매일 카톡으로 중계방송까지 했다. 사진을 보며 며느리와 사위는 이유도 모른 채 군자란이 우리 집 가화라고 암기했다.

문득 군자란이라는 이름은 군자를 닮아서 붙여진 걸까? 하는 궁금증이 생겼다. 식물도감을 찾아보니 아프리카 남부가 원산지인 군자란은 수선화과의 다년생 화초란다. 물을 많이 좋아하지 않는 군자란은 햇빛을 싫어하기 때문에 반그늘에서 키워야 꽃 색깔이 선명해진단다. 그래서 우리 집 군자란꽃 빛깔이 그렇게 선명했던 모양이다. 꽃말은 "고귀함과 우아함"이다. 군자란은 꽃 빛깔도 곱지만 꽃말이 더 마음에 든다.

우아하고 싶은 마음, 고귀하고 싶은 마음은 내가 추구하는 마음이다. 붓글씨를 배울 때 이런 내 마음을 알았던 서예 선생님은 나에게 잘 어울린다며 아림이라는 호를 지어주셨다. 우아할 아(雅)에 수풀 림(林). 우아해진다는 것, 고귀해진다는 것은 내가 죽을 때까지 도달해야 할 만큼 어려운 성품일지도 모르겠다. 하지만 우리 집 베란다에서 군자란이 살아있는 한 해마다 봄에 꽃을 피우며 올해도 조금만 더 우아해지고 조금만 더 고귀해지라고 응원해 줄 것 같다.

올봄에도 어김없이 군자란 꽃이 주홍색으로 화려하게 피어났다. 나는 꽃구경 가는 상춘객처럼 핸드폰을 들고 베란다로 나가 꽃을 요리조리 찍으며 꽃이 질 때까지 매일매일 구경했다. 군자란처럼 우아해지길 바라고 고귀해지길 바라면서.

화려하게 핀 꽃도 3월 말이 되면 꽃대로부터 독립한다. 오십여 송이가 넘는 주홍색 꽃들이 앞다투어 바닥으로 우수수 떨어진다. 마지막 한 송이마저 '툭!' 바닥에 내려앉는 날, 아쉬운 마음으로 꽃대를 잘라준다. 꽃대를 아래쪽으로 바짝 잘라주어야 이듬해에 꽃대가 예쁘게 올라온다. 꽃대를 잘라주고 나면 그때부터 또다시 우아하고 고귀하게 피어날 군자란 꽃을 보기 위한 기다림이 시작된다.

어차피 인생은 기다림의 연속이다. 짧은 기다림과 긴 기다림 속에서 우리는 살아간다. 나는 너를 기다리고 너는 나를 기다리는 사랑의 기다림, 합격을 기다리고 성공을 기다리며 태어나길 기다리고 성장하길 기다리는 과정의 기다림, 우아하고 고귀하게 피어나길 기다리는 소소한 기다림. 이런 기다림이 있는 한 나는 좌절하지 않고 포기하지 않고 살아갈 수 있을 것 같다. 꽃피는 봄날은 다시 돌아오겠지, 그까짓 일 년쯤이야 또 금방 돌아오겠지, 군자란은 그렇게 또 꽃을 피우겠지 하는 마음으로 기다림과 마주한다.

군자란이 필 때면 애탕국을 끓인다. 애탕국의 주인공은 쑥완자인데 쑥을 데쳐서 두부와 새우를 다져 넣고 동그랗게 만든다. 활짝 핀 군자란을 보면서 애탕국을 먹는 날, 양반집 규수가 되어 봄을 한껏 먹는 느낌이 든다.

주먹구구식
요리법

재료

데친 쑥 한 덩이, 두부 1/2모, 새우 6마리, 찹쌀가루 1 큰
술, 코인 육수 4알, 소금 약간, 달걀 1개, 쪽파, 물 1ℓ, 조선
간장.

1. 쑥은 다듬어서 끓는 물에 소금을 약간 넣고 살짝 데쳐 준 다음
송송 썰어 물기를 꼭 짜준다.
2. 두부 1/2모는 칼등으로 으깨준 다음 물기를 짜고 껍질 벗긴 새
우는 잘게 다진 다음 칼등으로 으깨준다.
3. 두부 으깬 것과 쑥 다진 것, 새우 으깬 것, 찹쌀가루 한 큰술, 소
금 세 꼬집을 넣고 잘 치대서 엄지손톱 크기로 완자를 만든다.
4. 물 1L에 코인 육수 4개를 넣고 완자에 찹쌀가루와 달걀물을 차
례대로 입힌 다음 끓는 육수에 넣고 익혀준다.
5. 조선간장으로 간을 맞춘 다음 마지막으로 쪽파 다진 것을 넣고
불을 끈다.

여자와 여자 _____ 오리 주물럭

        딸하고 MAMA에 다녀왔다. 금산사 가는 길목에 있는 MAMA는 현대식으로 세련되게 지어진 카페다. 안으로 들어가면 직접 밖으로 나갈 수 있도록 테라스가 정원과 맞닿아 있고 유리창은 통유리로 되어 있어서 단정하게 가꾸어 놓은 정원이 한눈에 훤히 들어온다.

    MAMA라는 상호가 주는 따뜻한 느낌 때문일까? 딸은 가끔 여유 있는 시간이 찾아오거나 나와 시간을 보내고 싶은 날은 "엄마! 오늘 MAMA에 갈까?"라고 전화한다. 딸의 제안에 내 대답은 언제나 OK다.

추운 겨울이라 두툼한 외투를 걸치고 딸이 운전하는 차를 타고 집을 나섰다. 번잡한 시내를 벗어나 MAMA로 향하는 구불길로 접어들자 도로 양쪽으로 느릅나무의 잔가지가 바람에 파르르 떨고 있었다. 청도교를 지나는데 털모자를 수북이 눌러쓴 아저씨 둘이서 가로수의 잔가지를 서걱서걱 잘라내고 있었다. 통행 길에 방해가 될 것 같은 가지들을 정리하고 있는 모양이었다.

MAMA에 도착하니 이전에 푸르렀던 잔디밭이 누렇게 변해 있었다. 하지만 빨간 벽돌로 다듬어진 카페 앞으로 유치원생들처럼 쪼르르 서 있는 남천은 추위를 잊은 채 홍색으로 물들어 있었다. 딸과 나는 따뜻한 아메리카노와 쌍화차를 한 잔씩 주문하고 엄마의 자궁처럼 깊숙한 곳으로 들어가 자리를 잡았다.

진동벨이 울리자 오븐에 바싹하게 구운 하얀 가래떡과 쌍화차가 나오고 아메리카노가 나왔다. 딸이 쟁반 위에 서로 마주 앉은 쌍화차와 아메리카노가 마치 국제결혼 한 부부 같다며 웃었다. 그러고 보니 정말 동양의 차와 서양의 차가 쟁반 위에서 마주 보고 앉아 있었다. 딸은 구수한 아메리카노를 호호 불어가며 마시더니 "음~ 좋아"라고 했고, 카페인 울렁증 때문에 커피를 전혀 마시지 못하는 나는 쌍화차를 후후 불어가며 마셨다. 쌍화차 안에 가득 들어 있는 밤과 붉은 대추가 쌍화차의 쌉쌀함을 중화시켜 주었다.

딸은 아메리카노가, 나는 쌍화차가 더 맛있다고 서로 자랑하며 키드득거리고 있는데 프랑스 대통령 부인이 된 카를라 브루니가 부르는 Stand by your man이 흘러나왔다.

자신의 사랑을 오직 한 남자에게만 주면서 여자로 산다는 건 때때로 힘든 일이지만 그를 사랑한다면 모든 걸 용서하며 자랑스럽게 여기라는, 그 사람이 나에게 매달릴 수 있도록 두 팔을 내밀어 따뜻하게 대하라는, 쓸쓸한 밤에 그 사람 곁에서 힘이 되어주고 그 사람을 사랑한다는 걸 세상에 보여주라는 노래의 가사가 부드러운 크림이 되어 커피숍 안에 끈적끈적하게 녹아내렸다.

둘씩 셋씩 모여 앉아 수다를 떨던 옆자리의 여자들도 크림처럼 부드러운 노래가 흘러나오는 동안 잠잠했다. 밥 잘 사주는 예쁜 누나의 삽입곡으로 유명해진 탓이었을지도 모르겠다. 노래가 바뀌고 분위기가 전환되자 딸이 "피~ 왜 여자들만"이라고 작게 말했다. 딸을 보면서 나도 "그러게"라며 웃었다.

이런저런 얘길 나누다 집으로 돌아오는 길에 딸에게 아까 카페에서 들었던 노래를 다시 듣고 싶다고 했다. 딸은 갓길에 잠시 차를 세우더니 유튜브에서 Stand by your man을 찾아 블루투스로 카오디오에 연결해 주었다. 딸과 나는 잔가지를 가득 이고 있던 가로수 길을 지나오면서 오디오에서 나오는 노래를 흥얼흥얼 따라 불렀다. 딸도 나도 내 남자 곁에서 힘이 되어주겠노라고 다짐하듯.

저녁 시간이 다 되어 남편과 사위와 함께 저녁을 먹기 위해 오리고기를 사가지고 집으로 돌아왔다. 딸이랑 함께 부엌에 들어서서 밥을 안치고 오리주물럭을 만들었다. 오리주물럭은 양파를 잘라 냄비에 깔고 빨갛게 양념한 오리고기를 양파 위에 얹은 후, 씻어둔 콩나물을 수 북이 쌓은 다음 냄비 뚜껑을 닫고 센 불에서 지져내기만 하면 된다. 식탁 위에서 오리고기와 콩나물을 상추에  싸서 먹던 남편과 사위가 오늘따라 유독 양념이 잘된 것 같다며 엄지를 번쩍 치켜세웠다. 부드러운 오리고기와 아삭한 콩나물이 만나니 환상의 궁합이라고 했다. 여자 그리고 여자는 남자 그리고 남자가 맛있게 먹는 모습을 보며 기분이 마냥 좋아졌다.

설거지를 마치고 사위와 함께 집으로 돌아가는 딸에게 "여자는 태양이야!"라고 했더니 "어머니 그럼 남자는 뭐예요?"라며 사위가 물었다. 나는 "그것은 남자들이 생각해 봅시다."라며 즉답을 피했다. 정말 여자가 태양이라면 남자는 무엇일까? 달일까? 별일까?

정신과 의사이자 상담가인 폴 투르니에는 『여성, 그대의 사명』에서 "삭막한 세상에 포근한 기운을 불어넣고 기계화된 사회에 생동감을 넣어주는 존재가 여자"라고 했다. 여자들이 태양의 내리쬐임 같이 일부분이 아닌 전체를 따사롭게 덮어주며 모든 것을 품어내는 존재라면 나도 물론이지만 우리 딸도 자신을 충분히 발전시켜 나간 후에 여자로서의 삶을 자랑스러워하는 여자가 되길 기대해 본다. 언제 며느리가 내려오면 여자 셋이 합세해서 MAMA에 또다시 다녀와야겠다. 가고 오는 길에 stand by your man을 함께 따라 부르면서.

주먹구구식
요리법

재료

오리고기, 양념장(고추장, 고춧가루, 매실청, 마늘, 대파, 후추, 참기름), 콩나물, 양파

1. 냄비 바닥에 양파를 잘라 깔고 양념한 오리고기를 얹어준다.

2. 오리고기 위에 콩나물을 넣고 뚜껑을 닫은 다음 익혀준다.

3. 오리고기가 익으면 콩나물과 잘 섞어준다.

어떻게 쓸 것인가 _____ 무 백김치

큰 시누이가 가까이 살아서 시누네 텃밭에 가끔 간다. 어머님을 쏙 빼닮은 시누는 밭에 갖가지 채소를 가꾸고 있다. 지난 주말에 시누 농장에 들렀더니 텃밭에 들어가 보라고 했다. 창고에서 허름한 신발로 갈아 신고 밭고랑을 타고 들어가니 배추, 무, 대파, 쪽파가 분단별로 가지런히 줄 맞춰 서 있었다. 어쩜 이렇게 실하게 컸을까. 배추는 마치 튼튼한 사내아이의 몸집만큼이나 훌쩍 자라났다. 배추 뒤로는 흙을 높게 쌓아서 두둑하게 만든 밭이랑 위로 무가 몸통을 10센티나 내놓고 있었다. 무 몸통 위로 싱싱한 초록의 무청이 수

북했다.

먹잇감을 찾아 약삭빠르게 움직이는 승냥이의 눈초리로 밭이랑을 훑어보았다. 수줍은 듯 몸을 감추고 있던 큼지막한 무가 눈에 들어왔다. '요놈 실하게 생겼네.' 다른 무보다 좀 더 크다는 이유로 막대기처럼 억센 무청의 머리채를 손아귀로 움켜잡았다. 좌우로 두어 번 흔들면서 위로 잡아당기니 하얀 무가 불쑥 내게 달려들었다. 낚싯대로 낚아챘을 때 팔딱거리며 딸려 오는 활어처럼 싱싱하기 그지없었다. 뽑은 무 두 개를 밭고랑에 눕혔다. 건강한 청년의 젊음이 흙바닥에 누워 활기차게 숨 쉬는 것 같았다. 무 뒤쪽에 다소곳하게 서 있던 쪽파도 두어 주먹 뽑았다.

남편의 큰 누나인 형님은 도시에서 자란 내가 경험해 보지 못한 수확의 기쁨을 맛보여 주기 위해서 늘 마음 써 주신다. 감사한 일이다. 지난주에는 무가 아직 덜 자라서 앞으로 좀 더 키워야 하니 두 개만 뽑아 가라고 하셨다. 무 생채를 담으면 맛있을 거라면서. 심고 가꾸는 과정의 수고로움을 생략하고 수확의 즐거움만을 오롯이 차지해 버리는 것이 늘 미안하지만 나는 시누이 농장에서 가끔 경험하는 농부의 시간이 때론 즐겁다. 이런 것을 경험해 볼 수 있도록 배려해 주는 형님의 마음은 돈으

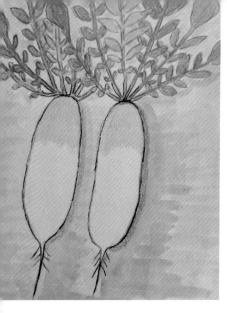

로는 결코 살 수 없는 값진 선
물이라 생각한다.

형님네 밭에서 뽑아온 무 두
개는 더벅머리 총각의 덥수룩
한 머리숱처럼 무청의 숱이 풍
성해서 단순히 무 두 개가 아니
고 무 무더기 같아 보였다. 형
님은 무로는 생채를 닮고 무청
은 삶아서 시래깃국을 끓여 먹으면 맛있을 거라고 하셨다. 하
지만 나는 성성한 무청을 보면서 무 백김치를 담아야겠다고 생
각했다. 붉은 고추 양념을 하지 않고 하얗게 담는 백김치 말이
다. 백김치는 대부분 배추로 담지만 무청으로 백김치를 담아도
맛있을 것 같았다. 무엇보다 무청에서는 시원한 맛이 나오기
때문에 국물을 자작하게 담아놓으면 별미일 것 같았다.

내 손으로 직접 뽑아온 무로 백김치를 담았다. 잘 익은 무 백
김치는 무청에서 나온 즙 때문에 색깔은 약간 푸르스름하면서
도 국물에서 톡 쏘는 사이다처럼 시원한 맛이 났다. 무청과 함
께 나박나박 썰어 넣은 하얀 무는 새색시의 속살처럼 희어서
푸른 바다에 하얀 돛단배가 여러 척 둥둥 떠다니는 것 같았다.

먹기 좋게 익은 무 백김치를 백김치 좋아하는 딸내미에게 두어 사발 나누어주었다. 며칠 지나지 않아 사위랑 금세 다 먹었다며 엄마의 무 백김치는 창의적인데도 맛은 한국의 깊은 맛이라고 했다. 보통의 열무김치 담는 방법에서 붉은 고춧가루만 넣지 않고 약간의 변화를 주었을 뿐인데 창의적인 김치라는 말을 들으니 어깨가 으쓱했다. 김치는 이렇게 같은 재료를 가지고도 어떤 양념을 하느냐에 따라 맛이 사뭇 달라진다.

왜 글을 써야 하는지, 무엇을 위해 글을 써야 하는지에 대한 질문을 가끔 접한다. 이런 질문은 전문적인 글쟁이가 아니더라도 자주 쓰든 가끔 쓰든, 길게 쓰든 짧게 쓰든 글 쓰는 사람이라면 자연스럽게 하게 되는 질문이다. 어쩌면 또 글 쓰는 사람이라면 반드시 해야 하는 질문일지도 모른다. 왜 사느냐, 무엇 때문에 사느냐는 질문 앞에서 적절한 이유를 찾아낸 다음에야 인생의 참된 의미를 깨달은 것 같고, 의미 있는 인생을 사는 것 같이 느껴지는 순간처럼 글 쓰는 이유를 찾는 것 또한 글 쓰는 이들에겐 의미 있는 과정일 테니 말이다.

그렇다고 반드시 왜 써야 하는지, 무엇 때문에 써야 하는지에 대한 해답을 얻은 사람만이 의미 있는 글을 쓰는 것은 아니다. 왜 살아야 하는지, 무엇 때문에 살아야 하는지 목적을 발견한 삶만이 의미 있는 삶이 아니라 주어진 하루하루를 그냥 열심히 살아내는 것 또한 의미 있다고 생각한다.

뒤돌아보면 40대와 50대를 지날 때는 '왜?'와 '무엇?'에 대한 질문을 많이 했던 것 같다. 왜 살아야 하는가? 무엇 때문에 살아야 하는가? 고민하며 목적을 찾기 위해 허둥거렸다. 축적된 경험치가 부족했기 때문이고 내가 선택한 길이 과연 옳은 길인가? 이렇게 나가면 제대로 가는 것일까? 하는 불안감 때문이었던 것 같다. 하지만 60대에 접어드니 '왜?' '무엇?'이라는 질문보다 '어떻게?'라는 질문 앞에 서 있을 때가 많다.

인정받기 위해서, 나를 발견하기 위해서, 지난날의 상처를 치유하기 위해서, 돈을 벌기 위해서 등등의 목적을 지향하는 글쓰기는 목적이 사라지면 글을 써야 할 동력을 잃어버린다. 간혹 명문대에 입학하는 것만이 목적이었던 수험생이 죽어라 공부해서 좋은 대학에 입학한 후부터는 길 잃은 사슴처럼 방황하며 흔들리는 것처럼 목적을 지향하는 글쓰기 또한 목적을 달성하고 난 이후에는 글 쓰는 방향을 잃어버리고 만다. 하지만 '어떻게 쓸 것인가?' 방법론을 찾는 글쓰기는 불안, 갈등을 넘어선 글쓰기라 생각한다. 글을 쓸 때마다 이미 쓰기로 선택한

나 자신을 믿고 흔들리지 않는 자세로 앞으로 조금씩 조금씩 발전하며 나아갈 수 있을 테니 말이다.

글을 쓰기 전에 '어떻게 써야 할 것인가?'라는 질문 앞에 서면 지나간 날들의 사적인 이야기가 주를 이루는 경수필을 쓸 것인가, 묵직한 울림을 주는 중수필을 쓸 것인가, 내가 하고 싶은 말을 허구적인 이야기로 만들 것인가, 함축적인 글로 강렬하게 표현할 것인가를 고민하게 된다. 이러한 고민은 열무김치를 지금까지 담아왔던 방법처럼 빨갛게 담지 않고 하얗게 담아본 것처럼, 다른 사람들의 요리법을 따라서 담지 않고 나만의 방법으로 무 백김치를 담은 것처럼 내 생각과 경험을 어떻게 버무려 낼 것인가를 생각하게 된다. '어떻게 써야 할까?'를 고민하다 보면 '왜 글을 써야 하는지' '무엇 때문에 글을 써야 하는지' 질문하면서 방황하던 마음은 땅속 깊은 곳으로 어느새 숨어버린다. '어떻게 써야 할까?'라는 질문은 살아있는 한 계속해서 글을 쓰겠다는 의지의 표현이라 생각한다.

재료

무청 달린 무 2개, 배 1개, 양파 1개, 액젓 2큰술, 새우젓 1큰술, 마늘 6쪽, 생강 1쪽, 청양고추 6개, 찰밥 2큰술, 천일염 1컵

1. 무는 세 토막으로 자른 후 2밀리 간격으로 자르고 무청도 12센티 정도의 크기로 자른 다음 소금에 푹 절인다.(무청과 무를 구부렸을 때 휘어질 만큼)
2. 잘 절인 무와 무청을 손으로 주물러 부드럽게 한 후 물에 씻어 물기를 빼준다.
3. 배, 양파, 액젓, 새우젓, 마늘, 생강, 청양고추. 찰밥을 넣고 믹서에 간 다음 무와 무청에 넣고 버무려 준다.

성탄절의 추억 _____ 들깨 떡국

　　　　　　　　　　　　어린 시절 크리스마스 때의 일이다.
교회에서 중등부가 되어 맞이했던 성탄절은 주일 학생 때와는
별개의 세상이었다. 주일 학생이었을 때는 성탄절 전야제(합창
이나 연극을 하던 축제) 마치고 엄마 아빠의 손을 잡고 곧바로 집
으로 돌아갔다. 하지만 중등부에 올라가자 성탄절 전야제 마
치고 중등부실에 모여서 밤새 노래와 게임을 하며 놀았다.

　중등부실 한가운데는 장작을 집어넣으면 시뻘겋게 타오르는
난로가 놓여있었다. 난로 위 주전자에서는 생강차가 뿌연 연기
를 뿜어내며 끓어올랐고 책상 위에는 사탕, 과자, 귤이 소복소

복 쌓여있었다. 중등부의 크리스마스이브 파티에는 하나의 법칙이 있었으니 그것은 남학생과 여학생이 서로 섞여 앉는 것이었다.

나는 처음엔 양쪽에 앉은 남학생 때문에 어색해서 몸을 배배 꼬았다. 하지만 all night의 시간이 점점 깊어지면서 옆에 있는 남학생의 무릎을 치기도 하고 등을 때리기도 하며 언제 어색했냐는 듯 배꼽을 잡으며 웃었다. 나만 그러는 것이 아니라 친구들과 선배들 모두가 그랬다. 부장 선생님의 기타 소리에 맞춰 부르던 노래와 짓궂은 게임의 영향 때문이었다.

새벽 4시가 지나면서 한층 고조되었던 분위기가 가라앉고 새벽 송을 나가기 위해 조를 나누었다. 게임을 하며 좀 더 친밀해진 남학생과 여학생은 그때 자연스럽게 같은 조원이 되었다. 새벽의 차가운 공기가 온몸을 꽁꽁 얼게 했지만 조금 전까지 신나게 놀았던 젊은 기운을 뒤집어쓰고 하얀 눈 쌓인 골목길을 즐겁게 걸었다.

내가 속한 조는 남학생 넷, 여학생 셋으로 7명이 짝을 이루었다. 첫 새벽송은 파란 대문 앞이었다. "거룩한 밤 고요한 밤" 으로 시작되는 찬송가를 불렀던 것 같다. 어둠이 가시지 않은 새벽, 입에서는 찬양 소리와 함께 하얀 김이 모락모락 피어올랐다. 찬양 소리를 듣고 기다렸다는 듯 컴컴하던 집에 환하게 불이 켜졌다. 찬송가를 부르고 나니 대문을 열고 나온 집사님이 "메리 크리스마스"를 외치며 계피 향이 나는 달콤한 차를 따라주었다. 그다음 집에선 과자를 내놓았고, 또 다른 집에서는 쌀을 주기도 했다. 산타 할아버지의 자루를 맨 남자 선배는 성탄절 오후에 보육원에 가져갈 자루가 점점 커지자 어깨에 둘러메면서 "아이고" 소리를 냈다.

꽁꽁 언 손을 입김으로 불어가며 마지막으로 도착한 교인의 집 앞에서는 "기쁘다 구주 오셨네"라는 찬송을 불렀다. 새벽송을 마치자 집사님은 하늘에서 내려온 천사를 대접하듯 들깨 떡국을 끓여놓았다며 안으로 잠시 들어오라고 했다. 밥상 위에 차려진 떡국에서 하얀 김이 모락모락 피어났다. 중등부가 되어 처음으로 all night 한 후에 먹는 들깨 떡국의 맛은 따끈하게 데운 우유처럼 국물이 진하고 들깨의 고소한 향이 났다. 하얀 떡살의 쫄깃함은 입안에서 쫀득쫀득 재미있게 놀았고, 가끔 부드럽게 씹히는 감자 덩어리, 달큰한 파의 맛, 알싸한 마늘 향은 서로가 적절하게 어우러진 한국의 크리스마스 맛이었다. 시린 발을 뜨듯한 방바닥에서 녹여가며 노곤해진 몸으로 먹던 그때의 떡국은 산타할아버지의 선물이 아닌 교회 집사님의 선물이었다.

유럽이나 미국에선 크리스마스 때 먹을 대표 음식으로 칠면조(Rosted Turkey)나 진저브레드(Gingerbread)를 떠올린다고 하지만 한국 사람인 나는 크리스마스가 되면 중학교 1학년 때 새벽송을 마치고 언 손을 후후 불어가며 먹었던 들깨 떡국이 떠오른다.

재료

떡국떡 한 줌, 감자 1개, 양파 1/2개, 파, 마늘, 들깻가루 3
큰술, 멸치 육수 5컵.(2인분)

1. 육수 5컵에 감자를 둠벙둠벙 잘라서 끓인다.

2. 감자가 익으면 씻어둔 가래떡과 양파를 잘라서 넣고 끓이다 들
깻가루를 넣는다.

3. 대파 썬 것과 다진 마늘을 넣고 한소끔 더 끓여낸다.

흙장난

실내 야자수가 사망했는데 장례를 치르지 않고 두어 달 화분에 그냥 놔두었다. 오늘 장례를 치렀고 죽은 야자수는 쓰레기통으로 들어갔다. 일부러 죽인 것은 아니고 우리 집에 온 후에 스스로 죽었다. 내가 화초 기르는 실력이 없어서 그러는 건지 우리 집터가 안 좋아서 그러는지 아무튼 두 달 전에 잘 자라던 야자수가 조금씩 시들다가 바짝 말라 죽어버렸다.

그동안 식물을 많이 죽였기에 언제부터인지 끈질긴 생명력으로 명성을 떨치고 있는 다육식물과 몇몇 나무들만 키우고 있다. 키우기 어렵다는 나무와 꽃들은 아예 집에 들이지 않고 있다. 그런데 오늘 도서관에 갔다가 집으로 돌아오는 길에 단골 화원에 들르고 말았다.

참새 방앗간처럼 들르는 단골 화원에는 식물 박사(진짜 박사학위가 있는 것은 아니지만 식물에 대해서 많은 것을 알기 때문에 사람들이 식물 박사라 부른다)가 있다. 화원 안에 있는 식물들을 구경하면서 나는 식물 박사에게 잘 죽지 않는 꽃나무를 추천해 달라고 부탁했다. 어리석은 부탁을 하는 나에게 주인아줌마는 세상에 안 죽는 나무가 어디 있냐면서, 물을 너무 많이 주면 식물이 잘 죽으니 물을 적게 주는 것이 식물 기르기의 기본이라고 했다. 그러면서 "물 많이씩 줘서 식물을 자꾸 죽이면 좋지요. 또 사러 올 테니까"라며 웃기까지 했다.

아줌마의 농담에 나도 활짝 웃으며 추천을 받아 집으로 데리고 온 아이들은 제라늄, 파라고륨, 그리고 보라색 꽃이 앙증맞게 피어나는 쿠페아였다. 제라늄을 야자수가 살던 백도자기 화분에 심었더니 몇만 원짜리 화분처럼 폼이 났다. 파라고륨은 자그만 플라스틱 화분에 심고, 쿠페아는 옆으로 퍼진 납작스름한 옹기 화분에 심었다. 모두 제법 멋있어 보였다. 플라스틱 화분과 옹기 화분에서도 이런저런 식물들이 잠시 살다가 숱하게 죽어 나갔지만, 이번엔 오래오래 살아주면 좋겠다.

제라늄의 꽃말은 "그대를 사랑합니다"이고 쿠페아의 꽃말은 "세심한 사람"이란다. 제라늄과 쿠페아의 꽃말을 알려주던 화원 아줌마는 이번에 가져가는 것들은 물을 많이 주지 말라고 신신당부했다. 흙이 바싹 마르면 물을 흠뻑 준 뒤 햇빛 쨍한 곳에 두고 바람이 꽃나무를 흔들어 주도록 창문도 가끔 열어 두라고까지 일러주었다. 아줌마의 가르침에 대답은 냉큼 하고 돌아왔지만, 시도 때도 없이 화초에 물 주고 싶은 마음을 잘 참고 견뎌낼지 모르겠다.

오늘 나에게 만 원의 행복을 느끼게 해준 화원은 멋진 화분이 하나도 없는 꽃집이다. 일회용 비닐 포트에 꽃나무들을 심어 팔기 때문에 볼품이 없다. 그래서 아줌마네 꽃나무들은 집에 와서 화분에 옮겨심고 나서야 멋진 모습이 된다. 언젠가 궁금한 마음이 들어 왜 예쁜 화분에 꽃을 심어서 팔지 않느냐고 물었다. 그러면 값도 비싸게 받을 수 있고 사람들이 더 많이 오지 않겠느냐고 했더니 예쁜 화분에 심어서 팔면 사람들이 화분 옮길 생각을 안 하니 흙을 어떻게 만져보겠느냐고 했다. 사람들에게 흙을 만져보게 하고 싶은 아줌마는 흙에 대한 철학이 있어 보였다.

내가 화원에 들를 때마다 아줌마는 손으로 흙을 만지고 있다. 장갑도 끼지 않고 흙 만지는 손은 거칠고 투박하며 손톱 밑엔 흙이 들어가 거뭇했다. 그런 손으로 빈 포트에 흙을 가지런히 담은 뒤 식물의 가지를 꺾어 심은 다음 곧잘 키워서 파는 것이다. 아줌마네 가게에서 꽃나무를 사 오는 날에는 나도 흙을 만진다. 일회용 비닐 포트에 심어진 꽃을 알맞은 화분에 옮겨 심는다. 빈 화분에 마른 흙을 반쯤 넣은 다음, 그 위에 나무뿌리를 올려놓고 아줌마처럼 나도 손으로 흙을 한 줌씩 집어 뿌리를 덮어준다. 흙을 만질 때 흙에서는 추억의 향내가 풍긴다. 어린 시절 후드득 빗방울 떨어지던 골목길을 걸을 때 나던 흙냄새, 시어머님 계시던 시골집 앞마당에 비가 내리기 시작할 때 코끝을 간지럽히던 풋풋한 땅 냄새가 난다. 흙은 추억의 향기를 머금고 있고 흙을 만지는 시간은 돌아갈 수 없는 그리운 시절로 나를 데리고 간다.

어쩌면 나는 꽃나무가 좋아서라기보다 자연의 내음이자 생명의 산실인 흙을 가지고 노는 시간이 좋아서 단골 꽃집에 자주 들르는 건지도 모르겠다. 떡가루처럼 보슬거리는 보드라운 흙으로, 모든 뿌리를 포근하게 덮어주는 흙으로 장난을 치고 싶어서 말이다. 흙장난의 시간은 엄마의 품처럼 포근한 시간이다. 포근한 온도를 굳이 측정해 보자면 정상 체온에 가깝다. 덥지도 차지도 않은 따뜻한 36.5도 말이다.

흙을 만지고 난 날 영양 만점 채소찜을 해 먹었다. 흙이 내어 주는 갖가지 채소들을 소박하게 쪄서 먹으면 자연에 감사한 마음이 생긴다. 흙이 고맙고 한없이 사랑스럽다.

재료

브로콜리, 단호박, 양배추, 새송이버섯, 고구마, 무, 당근, 감자, 두부, 완두콩, 토마토, 감말랭이(집에 있는 모든 채소를 서너 쪽씩 사용한다.), 삶은 달걀, 소금, 후추, 올리브유 1큰술

1. 모든 채소는 깨끗이 씻어 물기를 뺀 다음 한입 크기로 자른다.
2. 잘 무르는 호박과 토마토, 두부는 크게, 단단한 무와 감자 고구마 당근은 얇게 썰어준다.
3. 찜 솥에 물을 붓고 물이 펄펄 끓기 시작하면 손질한 채소를 담아놓은 찜기를 올리고 뚜껑을 덮은 다음 센 불에서 6분 동안 쪄낸다.(소화력이 약한 사람은 10분간 찐다.)
4. 익힌 채소찜을 접시에 담은 다음 소금, 후추를 솔솔 뿌리고 올리브유 1큰술을 둘러준다.
5. 삶은 달걀은 반으로 잘라 위에 얹어준다.

고추장 똥과 나의 소울푸드

60세 이후에 하고 싶은 일이 무엇인지 말해 달라는 질문을 받은 적이 있다. 당시 나는 50대 초반이어서 60세 이후의 삶에 대해 구체적으로 생각해 본 적이 없었기에 "그땐 햇빛 잘 드는 창가에 앉아 온종일 글을 쓰고 싶긴 한데…"라며 얼버무렸다. 아마도 나의 무의식 속에 글 쓰는 사람이 되고 싶다는 욕구가 있었던 것 같다.

코로나 팬데믹이 선포되던 해, 자유롭게 돌아다니며 활동할 수 없게 되었기에 블로그에 매일 글을 쓰기 시작했다. 매일 글을 쓰다 보니 힘든 날도 있었지만 즐거울 때가 많았다. 특히 음식 에세이를 쓰기 시작하자 누에가 실을 토해내듯 지나간 추억이 술술 쏟아져나왔다.

음식에 관한 글에는 온기가 있다. 마음을 따뜻하게 데워주는 온기는 밥과 국을 먹을 때나 우리가 먹는 모든 음식 속에 깃들어 있다. 밥과 국에 얽힌 이야기를 쓸 때는 마음까지 푸근해져서 가슴속에 난로를 심어둔 것 같았다. 가슴이 먹먹하고 코끝이 찡해지는 이야기를 쓸 때는 이야기 속에 깃든 음식 맛이 아픔을 위로해 주었다. 맛의 위로는 먹을 때마다 영혼을 감싸주는 소울 푸드(soul food)가 되어 나만이 간직하고 있는 아늑한 고향의 맛을 떠오르게 했다.

찬 바람이 쌩하게 불어 도톰한 옷을 입고 지내던 일곱 살 때였던 것 같다. 엄마는 외할머니가 가져다주신 고춧가루와 메줏가루로 고추장을 담으셨다. 커다란 고무 함지박에 희끄무레하면서도 홀렁한 물을 부은 엄마는 고춧가루와 메줏가루를 넣고 기다란 나무 주걱으로 무겁게 노를 저으셨다. 조금씩 소금을 넣어가며 간을 맞춘 다음 새끼손가락으로 고추장을 살짝 찍어서 맛을 보셨다.

나와 동생은 엄마가 커다란 함지박에서 멀어지면 엄마 흉내를 내느라 작은 손가락을 내밀어 고추장을 푹 찍어 먹었다. 쪽쪽 소리까지 내며 손가락에 묻은 고추장을 빨아 먹던 그때의 고추장 맛은 조청이 들어가서인지 처음엔 달큼했지만, 점점 매운맛이 느껴지면서 혀에 불이 난 것처럼 화닥거렸다. 하지만 고추장을 찍어서 다시 입에 넣으면 혀의 매운 감각이 잠시 사라졌기에 동생과 나는 고추장을 연신 찍어 먹었다.

엄마는 고추장에 간을 다 맞춘 후 단지에 담아두고 여기저기 늘어진 그릇과 고추장이 묻은 커다란 함지박을 닦아내느라 부엌과 마당을 분주히 오가셨다. 설거지하느라 바쁜 엄마에게 매워죽겠다고 동생과 내가 징징거리자 엄마는 찬물을 마시라고 했다. 단숨에 물을 한 사발씩 들이켜자 점점 아릿한 혀의 감각이 사라졌다. 잠시 후, 배가 살살 아프더니 뱃속에서 부글거리는 소리가 났다. 고추장을 너무 많이 먹어서 동생도 나도 배탈이 난 것이다.

동생의 손을 붙잡은 나는 바지에 절대로 실수하면 안 된다는 일념으로 화장실을 향해 빨리 걸었다. 하지만 화장실에 도착하기 전에 다급한 상황이 벌어지고 말았다. 갑자기 항문으로 뭔가가 쏟아질 것 같은 신호가 와버렸다. 나는 마당에 선 채로 바지춤을 내리며 동생을 향해 외쳤다. "내려!" 동생이 나를 따라 다급하게 바지를 내리고 앉자마자 시큼한 냄새와 함께 "뿌지직" 소리가 났다. 둘이 마당에 쪼그리고 앉아 설사 똥을 싸고 만 것이다. 동생과 함께 마당에서 누운 똥은 고추장으로 벌겋게 물든 고추장 똥이었다.

동생과 나는 마당 가운데 앉아서 볼일을 보고 엄마를 불러댔다. 설거지하다 말고 달려온 엄마는 "아이고, 대체 얼마나 먹었길래." 하면서 나와 동생을 번갈아 가며 쳐다보면서 피식피식 웃었다. 그 일이 있고 난 다음, 엄마는 이듬해에도 그 이듬해에도 여전히 우리 앞에서 고추장을 담으셨지만 우리는 더 이상 고추장 함지박에 손가락을 넣지 않았다.

엄마는 고추장 요리를 자주 하셨다. 나박나박 썰어 넣은 감자에 고추장을 넣고 발갛게 끓여낸 감잣국의 맛은 지금도 잊을 수 없다. 오징어와 무에 고추장을 풀어 끓여낸 오징어국, 오빠가 잡아 온 물고기에 붉은 고추장을 풀어 바글바글 끓인 매운탕, 밀가루에 고추장을 섞어 부쳐낸 장떡 등등, 고추장을 이용해서 만들어주셨던 엄마의 음식은 개운하면서도 달착지근해서 감칠맛이 났다.

고추장으로 유명한 순창으로 시집을 간 이후에는 어머님의 찹쌀고추장을 먹게 되었다. 어머님의 고추장은 엄마의 고추장에 비해 빛깔부터 달랐다. 순창의 맑은 물에 태양초로 담근 찹쌀고추장은 색이 빨갛고 투명하기까지 해서 화려한 가을 단풍잎처럼 고왔다. 적당히 맵고 찰지며 달착지근한 맛은 고추장 중에서도 으뜸이었다.

어머님의 고추장 담는 시기도 엄마처럼 정월 대보름이 지난 후였다. 어머님은 찹쌀로 고두밥을 찐 다음, 엿기름에 삭은 식혜를 찐득해질 때까지 끓이셨다. 걸쭉해진 식혜 물이 식으면 태양초 고춧가루, 메줏가루, 소금을 넣고 잘 저어준 다음 며칠이 지난 후 항아리에 담아두셨다.

장독대에서 고추장이 익어가면 자식들에게 한 단지씩 나누어 주시던 어머님께서는 친정엄마에게도 고추장 단지를 보내주셨다. 고추장을 선물 받은 엄마는 얌전한 어머님의 솜씨에 감탄하면서 늘 고마워하셨다. 어머니는 고추장으로 엄마에게 사돈의 정을 자주 표현하셨는데 그때마다 나는 어머니와 엄마를 연결해 주는 음식이 고추장이라는 생각이 들었다.

엄마도 떠나가시고 어머님도 떠나가신 지금, 고추장을 이용해서 요리할 때마다 엄마와 어머니 사이의 우정이 떠오르곤 한다. 이렇게 고추장은 나에게 꿈속에서라도 만나고 싶은 두 분 어머니를 하염없이 생각나게 하는 그리움이다.

작가의 부엌에서

김 경 희

도서출판 이비컴의 실용서 브랜드 **이비락**🌿은 더불어 사는 삶에
긍정의 변화를 줄 유익한 책을 만들기 위해 노력합니다.

원고 및 기획안 문의 : bookbee@naver.com